숨어 있는 꽃들

국립중앙도서관 출판예정도서목록(CIP)

숨어 있는 꽃들 : 홍애자 수필집 / 지은이: 홍애자. -- 서울

　: 선우미디어, 2015

　　　p. ;　　cm

ISBN　978-89-5658-397-6 03810 : ₩12000

한국 현대 수필[韓國現代隨筆]

814.7-KDC6

895.745-DDC23　　　　　　　　　　　　　CIP2015012788

숨어 있는 꽃들

1판 1쇄 발행 ｜ 2015년 5월 1일

지은이 ｜ 홍애자
발행인 ｜ 이선우
펴낸곳 ｜ 도서출판 선우미디어

　　　등록 ｜ 1997. 8. 7 제305-2014-000020
　　　130-100서울특별시 동대문구 장한로12길 40. 101동 203호
　　　(장안동 우성3차아파트)
　　　☎ 2272-3351, 3352 팩스: 2272-5540
　　　sunwoome@hanmail.net
　　　Printed in Korea ⓒ 2015. 홍애자

값 12,000원

ISBN 978-89-5658-397-6 03810

숨어 있는 꽃들

홍애자 수필집

작가의 말

　지금 이 자리에서 또 다시 정리의 과정을 밟으려고 한다.

　가랑머리 팔랑이던 소녀의 작은 가슴에 피어나던 미지의 세계,
그 세계 끝자락에 서 있는 나를 돌아보는 시간이다.

　글은 곧 그 사람의 성품과 내적 인격이라고 한다. 과연 나는
글을 쓰면서 무엇을 느끼고 보아왔던가. 거짓 없는 내 마음속 말
을 자판을 두드리며 후회는 없는지, 진정성은 보여졌는지 가늠이
안 된다. 다만 내 삶의 그림자로 영원히 옆에 서 있을 또 하나의
내 모습을 가다듬고자 할 뿐이다.

　이제 이 이야기들을 세상밖에 펼치는 용기는 십 수 년이라는
긴 시간이 걸렸다. 혹 읽는 이로 하여금 폐가 되지 않을까 두려움
마저 인다. 농부들이 가을에 추수하는 설렘으로 한 편 한 편 정성
을 기울여 보았다.

2015년 4월

홍애자

2
구석자리

3
가족사진

5

소중한
것
하나

1

마중
물

내 말 좀 들어보실래요?

"당신은 왜 여기 서 있는 거요?" 하고 묻는다면 나는 대답할 말이 없습니다. 830살 고령의 내가 서초동 장승이 되어 문지기로 서 있다고나 할까요?

누군가는 서초동을 모르는 이에게 "아, 왜 국보 향나무가 서 있는 데 말이야. 거기서부터 서초동이야." 하고 말하곤 하지요. 그러나 나는 국보라는 이름으로 불리고 싶지 않습니다. 그저 싱싱한 보통 나무이고 싶을 뿐이지요.

이른 아침부터 밤늦은 시간까지 숨쉬기가 정말 두렵습니다. 내가 서 있는 양 갈래 길에는 쉴 새 없이 오가는 차들이 줄을 이어 질주하는데 저마다 뱉어내는 가스가 내 얼굴이며 몸을 뒤덮기 때문이지요. 이 자리에서 800년을 넘게 살아왔지만 이젠 몸을 지탱하기에도 힘이 듭니다.

이곳은 원래 서초동 꽃마을이 있던 곳이에요. 동서남북에 온통 꽃 냄새가 날아다니는, 늘 푸르러 공기가 맑고 아름다운 마을이었답니다. 서초동은 예로부터 서리풀이 무성해 '상초리(霜草里)' 또는 '서리풀'이라 불리었지요. 서리가 내리면 익는 상서로운 풀[瑞草]이란 바로 '벼'를 말하는 것으로서 이곳에서는 예로부터 쌀이 많이 났다고 합니다. 좋은 냇물[良才川]의 물을 길어다가 쌀[瑞草洞]로 떡[盤浦洞]을 빚어 사당[祠堂洞]에서 조상과 천지신명께 제사를 지냈기 때문에 풍수적으로 뛰어난 명당자리라고 하여 자부심이 대단한 동네이지요.

이 마을을 대표하는 인물로는 조선 명종 때의 문신인 상진(尙震) 선생이 있는데, 조선 시대의 4대 정승으로 추앙될 만큼 인품이 뛰어나 청백리(淸白吏)로도 유명한 분이었답니다.

꽃마을로 불리던 이곳이 세월이 흐르고 흘러 자동차 천국, 매연 천국이 되어 버렸어요. 서울시가 나를 보호수로 지정해 놓고 관리를 한다 하지만, 하나도 반갑지가 않아요. 하루 종일 시커먼 연기를 마시며 죽어 가고 있으니까요. 맑은 시내가 흐르고 새들이 지저귀는 공기 좋은 곳이 그립기만 해요. 어느 때는 이제 그만 살았으면 하는 사위스러운 마음마저 들어요. 내 몸에 링거를 꽂아 놓고 나를 보호한다지만 다 부질없는 일일 뿐입니다. 매연 속에서 마치 서초동 네거리 교통순경처럼 이렇게 서 있어야만 하니….
내 모습은 이제 푸른 기를 잃어버렸어요. 매연에 찌들어 검푸른
색으로 변해 버렸지요. 폭우가 쏟아질 때면 내 몸에 앉은때를 벗
겨 내고 싶어 안간힘을 써 보지만 너무 찌들고 배어서 잘 씻겨나
가지도 않는군요.

　내가 뽐내며 살던 그 옛날 꽃동네 사람들은 순하고 어질었지요.
여름이면 내 그늘 밑에 돗자리를 펴고 앉아 덕담을 나누고 매미며
여치가 뽑아대는 시원한 곡조에 맞춰 흥을 내던 한량들. 그때 그
시절 평화는 다 어디로 갔을꼬.

　나는 나날이 쇠잔해 가는데 어쩔 수 없이 이대로 이곳에 있어야
하는 게 서글픕니다. 이제 점점 흉측하게 변해 갈 내 모습이 보이
는 듯해요. 그래서 안타깝고 괴롭답니다. 이따금 내 모습을 사진
에 담는 젊은이들이 왔다 가면 좋은 일이 있을까 기다려집니다.
내 사진을 어디엔가 실어 나를 살려 주려는 사람들이 있을까 해서
지요.

　지난봄에는 사람들이 오랜만에 샤워를 시켜 준다고 법석을 떨
었지요. 겨우내 쌓였던 자동차 매연과 최근 찾아온 황사(黃沙) 때
까지 말끔히 닦아 준다고요. 영양제 주사도 놓아 주었지만 내 몸
에 문신처럼 새겨진 상처는 그대로 남았답니다.

　노구라서 앞으로 얼마나 더 살지 모르겠지만 남은 시간만이라

도 내가 살고 싶은 곳에 가서 살아 보았으면 좋겠습니다. 오랜 세월을 살아 더 이상 바랄 것이 없으나 고고하고 품위 있는 모습으로 남고 싶습니다. 매연에 찌든 늙은 나무로 사람들의 기억 속에 남는 것은 정말 슬프거든요.

　보호수로 명명되기보다는 잡목이어도 청청한 산속에 서 있고 싶어요. 아무도 돌보지 않아도, 사람들이 함부로 등을 들이대고 부딪고 괴롭혀도 그런 곳에 서있고 싶어요. 가을, 오색 단풍이 든 나무들 사이에 서서 홀로 푸름을 자랑하고 새들과 노닐며 자부심을 느끼는 그런 나무이고 싶어요. 내가 서 있는 지금 이곳은 지옥의 길목입니다.

　슬퍼하는 내 마음속 말을 제발 흘려듣지 말아 주세요.

사각상자에서 본 세상

십여 년 동안이나 살던 곳을 떠나 이사를 했다. 흙을 밟고 나무를 가꾸며 정을 심고 살던 집에서 다세대가 사는 아파트로 옮기고 나니 홀가분하면서도 한편으로는 무엇인가 허전한 마음이다. 새 집 발코니에서 내다보이는 앞산이 마치 산수화가 그려진 병풍을 두른 것처럼 검푸른 산자락마다 꿈을 가득 안고 서 있었지만 그런 경관만으로 위로가 되지 않는다.

그러면서 얼마 동안 지내다 보니 점점 답답해지기 시작했다. 마치 큰 상자 안에 갇혀 있는 착각마저 든다. 저녁을 준비하다가도 파 한 단, 두부 한 모를 사기 위해 승강기를 타야하는 게 처음엔 익숙지 않아 여간 불편한 게 아니었다. 작은 상자 안에 갇혀 서 있는 것조차 겸연쩍고 쑥스러웠다. 벽면에 비치는 내 모습을 멀거니 바라보고 있다가 어쩌다 이웃 집 바깥분과 단둘이 있게 될 때는 어느 곳에 시선을 두어야 할지 도통 어려운 노릇이 아니다.

우리는 어디를 가나 크고 작은 사각 상자에 살고 있다. 어느 건물 안에 있든지, 자동차나 지하철을 타거나 그 규격만 각각 다를 뿐, 상자 속에서 숨을 쉬며 매일 매일을 보낸다. 또 나름대로 삶을 살아가고 생을 마감한다.

테헤란로를 지나칠 때마다 거대한 빌딩을 올려다보면 저 안에 수백 수천의 작은 상자들이 들어 있다. 수백 개의 네모난 창을 통해 안을 들여다 볼 수는 없으나 역시 거기도 작고 큰 상자들이 모여 있을 것이다. 그 창을 통해 밖을 내다보는 느낌이 어떠할까. 볕이 쨍쨍 내리쬐는 한낮에 높다란 빌딩 창문을 통해 바깥세상을 바라본다면 순간적으로 마음에 모여드는 불안과 환희가 엇갈리는 것을 체험할 것이다.

네모 안에 들어 있는 수천수만의 언어들, 희로애락, 상자 안에서 호흡하며 살고 있는 생명체들, 어느 쪽을 돌아보아도 빈틈이 보이지 않는 그곳에 우리는 존재하고 있다. 문명의 이기는 때로 희열과 충동으로 몰아오는가 하면 어느 사이 흔적도 남기지 않고 몽땅 앗아가기도 한다. 인간에게 가장 편리함을 주면서도 서서히 활력을 감소시킨다.

너무 많이 걷고 걸어서 종아리에 알통이 박히던 시절은 그저 옛이야기로 남아 있을 뿐이다. 그때나 지금이나 네모난 공간은 존재하건만 당시에는 정겨움이 가득했었다. 어디를 가든 상자 안은 허술해 보였고 웃음이 그치지 않았다. 늘 한쪽 귀퉁이가 열려 있어서 누구나 드나들었다. 이 집 저 집에서 지짐질 소리가 들려왔고 구수한 냄새가 온동네 골목으로 퍼져나갔다. 그때의 사람들에게서는 따스한 눈빛을 볼 수 있었고 서로 보듬어 주는 가슴이 있었다. 이웃을 보듬어주고 서로 기뻐해 줄 줄도 알았다. 넉넉하지는 않지만 행복의 고리가 엮여져 보이지 않는 공감대가 형성되어 있었다. 비록 작고 볼품없는 곳이지만 큰마음을 가진 가족 간, 이웃 간에 화목이 만연했다.

　그러나 지금 살고 있는 이 시대의 상자 안에서 보이는 세상은 어떠한가. 서로 경쟁하고 밟고 일어서지 않으면 탈락하고 비정하리만치 이재를 따지면서 경계의 비상이 걸려 있었다. 그 안에서 살아남기 위해 질주하며 한량없는 고통의 무게가 작건 크건 상자 안에는 삶의 생존 카드가 감추어져 있다. 그것을 향해 사람들은 질서정연하게 움직이며 개미처럼 땀을 흘리며 열심히 살아가는 것일 게다.

　그렇다면 내 안에 내재되어 있는 마음이라는 사각 상자에는 과연 무엇이 들어 있을까. 아마 내게도 이재의 밝음과 탐심, 삶을 위한 끝없는 욕구, 속내를 드러내지 않는 망상과 절규가 그득할 것이다. 그러나 조금은 어눌하게 보여질지라도 상자 안에서 보는 세상이 결코 삭막하지만은 않기를 바란다. 그 안에는 수억만 개의 별이 총총 떠 있는 거대한 우주도 있고 광활한 하늘 캔버스에 마음대로 붓을 휘저을 수 있는 자유로움이 있기에.

비록 사각 상자 안일지라도 나는 여유와 사색에 빠질 수 있다고 스스로 위로해 본다.

자매의 힘

그들은 엄청난 힘이었다.

감성의 기류가 공연장 곳곳에 날아다니고 울긋불긋 나무들이 색조의 옷을 갈아입은 산은 유유히 모든 소리를 받아 안는 듯 고요히 서 있다.

공연장 광장엔 유연한 물줄기가 음률에 맞춰 춤을 추고 이곳저곳 사람들이 와인과 뷔페음식을 먹느라 야외 레스토랑을 방불케 한다.

근래 기업의 문화 참여 일환으로 어느 백화점 '야외음악당 스퀘어'가 지어진 후 곧 기업은행에서 'IBK챔버홀'을 신축하여 오픈 콘서트를 열게 되었다. 문화를 사랑하는 일반 관객은 물론 특히 음악인들에게는 더 할 수 없는 기쁨이요 희망이 아닐 수 없다.

챔버홀 개관기념 페스티벌이 10월 5일부터 시작되고 자매로 엮어진 '허트리오'가 오르게 되었다. 이들은 세 자매로서 트리오를 결성한 지 15년 동안 많은 공연을 올렸고 외교통상부 지정 연주자로서 한국정전기념 연주에도 참석하였다. 그 외에도 브뤼셀, 제네바, 캄보디아, 필리핀 등 여러 나라를 방문, 한국을 빛낸 재원들이다.

가을 밤 홀은 관객들로 꽉 찼다. 공연이 시작되자 블랙 정장차림의 세 사람은 군인처럼 씩씩하고 당당하게 걸어 나온다. 도입부부터 걸음걸이로 홀 안을 꽉 잡고 열기를 불사르는 것 같다. 연주복으로 꾸미지 않은 모습들이 오히려 관객들에게 호응을 주었다.

첫 곡은 쇼스타코비치의 〈피아노 소나타 1번 C단조〉이다. 이곡은 쇼스타코비치가 여행을 하면서 만난 여인에게 헌정한 곡으로 쇼스타코비치의 특유한 느낌이 대신 사랑스러운 느낌을 주려고 노력한 모습이 엿보이는 곡이다. 교향곡에서 보여줬던 긴장감, 혹은 내면적 몸부림을 이 곡에서 찾기는 힘들다.

쇼스타코비치는 거의 일생을 구소련의 공산치하에서 보내면서 때로는 국가적 영웅으로 추켜올려지고 때로는 요주의인물로 지목받는 등 기복이 심한 삶을 살다 간 음악가이다.

세 연주자는 한음도 그냥 지나칠 수 없는 정열적이며 환상적인 음률로써 청중들의 귀와 마음을 사로잡았다. 이들은 완벽한 조화를 이루었으며 폭발적인 힘으로 청중을 몰입시켰다. 쇼스타코비치 3번과 하이든 두 곡을 연주하는 이들은 시간적 공간적인 한계를 가진 멤버들, 그렇기에 셋이 모여 함께하는 연주는 1년에 1회로 순회공연까지 기간을 두고 만나 활동하기에 더욱 소중하고 그만큼 충실한 프로그램과 수준 높은 연주를 위해 최선을 다한다.

이들은 다양한 시대의 곡들을 그에 맞게 해석할 줄 알고 어떤 것이든 완벽히 소화할 수 있는 앙상블이다. 작품들을 깊이 연구하면서 무대 위에서는 진정한 하나가 되어 청중과 함께 즐기고 싶어하는 음악들이라 생각된다.

DNA가 같은 자매라는 특성으로 그만큼 시너지 효과가 나타나는 허트리오, 그들은 뼈를 깎는 고통과 인내를 감내하기를 즐겨하며 사명감을 가진 연주자로서 세계로 세계로 나가고 있다.

정열과 절제, 자줏빛 음악, 언제나 생명력 있는 음악을 추구하고자 하여 그 때를 기다리며 자신들을 통제하는 자매. 부단히 고통과 고뇌를 불사르며 혼신을 다 하는 연주자들에게 갈채를 보낸다.

한국의 딸들, 이들 자매의 힘은 맥을 따라 무한히 뻗어갈 것이다.

은혜 그 아름다움

어느 날 잠시 앞산 산책로를 거닐었다. 여러 모양새로 서 있는 나무들 가운데 군데군데에 껍질이 벗겨지고 죽은 가지가 꺾여 있는 앙상한 나무를 만났다. 그런데 이상한 것은 우람하지도, 잎이 무성하지도 않은 그 나무 등걸에 두 개의 작은 새둥주리가 있는 것이었다.

튼실하고 잎이 풍성한 나무가 아닌 이렇게 죽은 가지를 매달고 있는 바싹 마른 등걸에 새둥지가 있다는 게 좀 이상하게 여겨졌다. 잠시 올려다보고 있으려니 회색 빛깔의 작은 새가 먹이를 물고 날아왔다. 흔히 볼 수 있는 새는 아니지만 참새과에 가까운 종류인 듯 몸집이 작고 예쁘다. 둥지 안에 어린 새끼들에게 먹이를 날라주느라 한참동안 둥지로 들락거리는 어미 새를 보면서 비록 겉모습은 그렇지 못하지만 내면이 푸근하고 정이 많은 어떤 사람이 연상되었다.

우리는 때로 상대의 겉모습만으로 그를 판단해 버리는 일이 허다하다. 어느 단면만을 볼 수밖에 없는 편협한 생각으로 허술한 옷차림이라든가 외모가 빈자 같은 모습 때문에, 때로는 그가 신고 있는 낡은 구두를 보면서 함부로 판단할 때가 있다. 이런 기준은 보는 이의 성품과 그의 가치관이 어디에 있는가에 기인됨직 하다. 이렇듯 우리가 시행착오를 하는 데에는 어느 누구의 탓도 아니요 그것은 바로 자신의 마음 밭이 얼마나 크고 작은지를 말해주는 것이지 싶다.

인생의 여로에서 이따금 돌이키라는 듯한 암시를 받을 때가 있다. 갑자기 벌어지는 사건으로 인하여 답답하고 막막한 환경에 처해질 때, 이때가 우리 인생의 기로에 중요한 시점임을 깨닫게 된다. 미처 예상치 못한 일들이 급속도로 다가올 때, 당황하고 실망하여 해결 할 수 있는 능력조차 상실하고 만다. 그런 순간 내게 도움이 될 수 있는 말 한 마디나 권고를 긍정적으로 받아드릴 수만 있다면 그것은 크나큰 은혜가 아닐 수 없다. 내 판단보다 타인의 관심이 내게 얼마나 큰 축복임을 알면 행운이다. 그때 자신의 고질적인 자존심과 내 기분대로 해야만 직성이 풀린다는 옹고집을 벗어낸다면 더 할 나위 없는 자유를 내 것으로 만들 수 있기 때문이다.

빅토르 위고의 〈레미제라블〉에서 비춰진 '쟈베르' 형사는 오직 정의만이 사회를 정화시킬 수 있다는 확신을 가지고 있었다. 그 외골수적 생각은 그가 자살 할 때까지 조금도 변화되지 않았고 자신을 채찍질하면서까지 기어이 목숨을 끊어야하는 비참한 종말을 맞게 된다. 용서를 은혜로 받아드리지 못한 쟈베르의 편협된 사고가 자신을 더욱 괴롭히면서 불행을 자초하게 된 요인임을 몰랐던 것이다. 자신의 잣대로만 판단하는 일이 얼마나 무모한지를 말해주는 교훈적인 작품이다.

이따금 젊은이에게 귀찮은 존재로 배척받는 노인세대를 눈여겨 살펴보면 각각의 공통점을 발견할 수 있다. 그들이 살아온 오랜 경륜을 내세우며 고정관념을 뛰어넘지 못하고 고집하는 부분이다. 현실을 따를 수밖에 없는 오늘의 세태를 도외시하려는 구세대의 아집을 버리지 않고는 신세대의 사회 속에서 그들과 융화되기는 어려운 과제이다. 어른으로서 감싸주는 자애로운 모습이 보여질 때 비로소 상대는 마음을 열고 다가서게 되기 때문이다. 바로 베푸는 큰마음의 전달이다.

비록 건강을 잃은 앙상한 몰골이긴 하지만 새들이 날아와 보금자리를 틀고 새끼를 품을 수 있는 나무를 택한 것은 포근하고 따뜻함을 느꼈기 때문일 것이다. 바람이 불면 막아주고 비가 쏟아지면 그나마 남아있는 가지와 잎을 모아 가려주는 마음, 분명 옷을 잘 입고 멋이 있는 모습이 아니어도 겸허한 자세로 자신에게 찾아드는 새들을 품어 안기 때문이다.

베풀고 받아들이는 마음은 아름답다. 거듭나기 위한 고통가운데는 은혜를 받아들인 참 기쁨의 삶이 그려져 있을 것이다.

숨어 있는 꽃들

가을이 영글고 있다. 온통 황금빛으로 물결치는 들녘을 스치며 영동고속도로를 달린다. 휙휙 지나치는 마을 어귀에 우람한 감나무마다 샛노란 감들을 주렁주렁 달고 있는 모양은 대자연 속 화랑에 걸린 한 폭 화폭을 보는 듯하고 하늘과 구릉을 이룬 산야는 예술이 따로 없음이다.

제천을 향해 가는 동안 차창 밖으로 색색의 치장을 한 나무들, 노란 물감에 절여진 은행잎들이 나풀거리며 날아가는 모습에 탄성이 절로 나온다. 가슴속으로부터 경탄을 뽑아 올리며 지금 이 순간 내 행보에 충만한 기쁨을 누린다. 땅거미가 내려앉아 어둑해질 무렵에야 제천 시내로 들어섰다. 살갑게 지내던 이웃처럼 조용하고 정갈한 분위기가 서울과는 사뭇 다른 따뜻한 표정으로 우리를 반겨준다.

영아원 입구에는 또랑또랑한 어린아이부터 콧수염이 듬성듬성 난 소년티를 벗은 남학생들과 수줍은 듯 새치름한 여고생까지 모두 나와서 우리를 맞는다. 그 가운데 눈에 띄는 노랑머리 이국여성이 이태 전이나 다름없이 달처럼 환하게 웃고 있다. 화이트(White) 여사다. 2년 만의 해후인데 조금도 변하지 않았다. 아이들과 함께 지내느라 세월이 빗겨가는 것일까.

이십여 년 전 제천 검찰청에 재직하던 K지청장은 몇 명의 영아들을 보살피는 화이트 여사를 만났다. 선교사로 한국에 들어왔다가 아이들과 인연이 된 이국여성의 뜻을 헤아린 그분은 이들을 돕기 위해 영아원을 위한 후원회를 열어놓았다. 그분이 40대에서 희끗희끗 60대의 노신사로 변해가는 동안 아이들은 영아에서 소년으로 성장하여 중학교에서 고교로 대학진학과 취업도 하게 되었고 이제는 백(白) 씨 성을 가진 90명의 거대한 가족으로 늘어났다.

아이들의 얼굴은 해맑고 고왔다. 그늘진 표정이라곤 찾아볼 수 없이 명랑하고 적극적이며 행복해 보인다. 꼬맹이들도 얼마나 사랑스럽게 구는지 가슴이 뭉클하다. 오늘 밤 이 아이들과 함께 한 서너 시간은 그 어느 경험과도 바꿀 수 없는 경지로 나를 몰아갔다.

어느 한 구석에서 조용히 피고 있는 함초롬한 꽃들처럼 아이들은 그렇게 한 뼘 한 뼘 자라나 봉오리를 맺고 꽃으로 피어나고 있다. 바람에 일렁이는 숲속 나무들의 속삭임을 들으며 실개천 둔덕 억새의 춤사위에 발맞춰 코스모스 길을 걸으면서 정겨운 마음씨를 키워가고 있는 아이들. 이 사회의 공해로부터 때 묻지 않고 천상의 천사들처럼 곱게 성장하고 있는 아이들.

숨어있는 꽃들이다. 그들이 이 세상 밖으로 나오게 될 즈음을 기다리며 가장이를 잘라주고 상한 부위를 도려내어 가꾸고 있는 화이트 원장, 그의 미소와 정이 가득한 눈빛에서 아이들은 자신감을 키우고 떳떳한 한 개인으로서도 손색이 없다. 아직은 이 작은 꽃들을 세상 밖으로 훌쩍 보내지 않고 있지만 해충을 이겨내고 튼실한 뿌리가 내리게 되면 홀로 설 수 있으리라.

잠시 깊은 생각에 잠겨본다. 진정한 아름다움에 대하여. 이곳 아이들의 티 없는 웃음소리와 두 팔을 벌리며 달려와 안기는 그 초롱초롱한 눈빛이 가시지 않는다. 좀처럼 만나볼 수 없는 신선한 아름다움이다. 몇 명 안 되는 영아실로 가니 막 목욕을 끝낸 아이들이 몰려든다. 촉촉한 머리칼에 상큼한 비누 냄새가 채 가시지 않은 꼬마들을 가슴에 꼭 안았다. 마치 젊은 시절 내 아이를 보듬고 있는 착각 속에서 불끈 뜨거운 모성이 발동한다.

돌아서는 시간, 수많은 아이들이 쫓아 나와 눈을 맞추고 저마다 매달리며 손을 잡고 서운해 한다. 가슴속은 촉촉이 젖어 내리지만 아이들의 얼굴을 감싸며 애써 환하게 웃어주었다. 이 꽃들이 활짝 피는 날이 언제일지 모르나 내가 할 수 없는 일을 누군가가 맡아 하고 있음에 그저 고맙고 미안한 마음일 뿐이다.

세상을 살아오면서 무심히 지나치는 동안 어느 한 귀퉁이에서는 미처 상상하지 못하는 일들이 계속 일어나고 있다. 뿌리를 내리기 위해 안간힘을 쏟는 나무들, 뾰족이 얼굴을 내밀고 세상을 경이롭게 바라보는 어린 싹들, 소년기를 맞아 잎을 틔우고 봉오리를 품고 있는 꽃나무의 갈구를 대하면서도 그저 자연의 이치라고만 치부했던 내 일상을 되돌려 보니 그동안 잃어버린 귀하고 소중한 것들이 얼마나 많았을지 안타깝기만 하다.

눈에 보이는 것들로 가득한 세태에서 보이지 않는 참 아름다움이야말로 이곳 숨겨진 꽃들임을 왜 진즉 몰랐을까.

밤이 이울었다. 이슬처럼 영롱한 꽃들이 자라나고 있는 거대한 화원을 뒤로하고 버스가 달린다. 사방이 칠흑 어둠에 싸여 있지만 내겐 아이들의 웃음소리가 영상으로 환하게 떠다니고 있다.

질시루에 핀 사랑

　언제나 초가을이 되면 어머니는 시루떡을 찌셨다. 커다란 질시루 밑에 큼직한 무를 골라 얄팍하게 잘라 깔고 쌀가루와 미리 준비해 두었던 팥고물을 한 켜씩 얹어 무쇠 솥에 올려놓고 찌셨다. 시룻번이 말갛게 익고 한소끔 김이 오르고 나면 솥 가장자리에 눈물이 흐르고 들큼한 무 익는 냄새와 구수한 팥 시루떡 냄새가 집안에 퍼지기 시작한다. 이때쯤이면 제일 먼저 내가 분주해지기 마련이다. 이웃집에 나눌 떡 접시를 챙기고 닦아 준비하는 일이 바로 내 몫이기 때문이다.

　아궁이에서 활활 타고 있는 장작을 앞으로 꺼내느라 얼굴이 벌겋게 달은 어머니는 불을 줄이시며 남아 있는 불꽃으로 서서히 익혀야 뜸이 잘 든다고 했다. 시루떡을 찌는 날은 마치 잔치를

벌이는 집처럼 온 집안이 들썩거린다. 부엌일을 하는 아주머니는 연신 앞치마에 젖은 손을 닦으며 종종걸음을 치고 식구라야 서너 명밖에 없는데도 분주하고 떠들썩해진다.

김이 모락모락 오르는 시루떡을 편편이 잘라 두세 켜씩 접시에 담아주시면 나는 신바람이 나서 이 집 저 집으로 나르기에 다리가 아픈 줄도 몰랐다. 이른 저녁을 끝내고 속이 출출하던 차에 구수한 시루떡을 받아든 이웃들은 여간 반가워하는 게 아니었다. 어스름이 가신 하늘에는 보석 같은 별들이 반짝인다. 그 별들을 바라보며 집으로 돌아오는 길목에서 내가 꿈꾸는 미래가 저 별 속에 숨어있다고 생각했다. 반짝이는 별에게 소원을 말하고 마음을 다해 기도하면 무엇이든지 원하는 게 다 이루어질 것이라는 나만의 확신이 생겼다. 그렇기에 떡 돌리기는 나에게 큰 행운을 가져올 것이라 굳게 믿어졌다.

해마다 푸짐한 떡 잔치는 나의 상상 속에서 훨훨 날개를 치며 꿈을 향해 높이높이 날았다. 누구나 마음만 먹으면 해먹을 수 있는 시루떡인데 왜 내게는 그렇듯 미래의 꿈을 키우는 동기가 되었을까. 이웃들과 정을 나누고 소통하며 살아가는 방법을 깨닫게 하시고 나의 작은 가슴에 기쁨을 가득 채워주신 어머니. 떡을 돌리며 뒤늦게 덕행을 가르치신 뜻을 알게 되었을 때는 이미 어머니는 내 옆에 계시지 않았다.

몇 년 전 남대문 시장엘 갔다가 어릴 적 내가 늘 보아왔던 시루와 똑같은 질시루를 발견했다. 얼마나 반갑던지 앞뒤 생각할 겨를 없이 그냥 사 가지고 왔다. 그 시루에 떡을 찔 것도 아니면서, 어머니를 만난 듯 가벼운 흥분 때문이었을까. 다음 날 양재동 화훼시장엘 가서 꽃을 사다가 듬뿍 심었다. 팬지의 아름답고 귀여운 모양이 질시루와 잘 어우러져 더욱 운치가 있어 보인다.

시루 속에는 아무도 알지 못하는 푸근함이 서려있다. 우직하면서도 과묵한 채로 시루는 모든 것을 수용한다. 불평도 없고 거부하지도 않는다. 또한 어떤 것과도 잘 어우러져 조화를 이룬다. 허옇게 빛이 바래 볼품없이 되었어도 두루뭉술한 것이 부잣집 맏며느리 성품처럼 듬직하다. 어머니는 그런 시루를 어루만지시며 하나밖에 없는 당신의 딸이 시루를 닮아 이 세상을 그저 잘 살아가기를 바라신 것이다.

현관 밖 질시루 속 팬지가 환하게 웃는다. 들고나는 식구들과 손님들을 대하며 항상 웃고 있다. 어머니가 나를 반기시듯 그렇게 웃는다. 딸이 이웃을 사랑하고 배려하기를 바라는 어머니의 사랑이 질시루에 하나 가득 피어있다.

마중물

피란시절 그곳은 읍내에서도 40리를 들어가야 하는 두메산골이었다. 집집마다 우물에서 두레박으로 물을 퍼 올려 쓰고 그나마도 우물이 없는 집은 멀리 떨어져 있는 샘물을 식수로 썼다. 한 마을에 부농(富農) 한두 집은 펌프를 설치해 쓰고 있었는데, 물을 붓고 한참 펌프질을 해 줘야 물이 나오기 시작하는 그 쇳덩이가 여간 신기한 게 아니었다.

물 한 바가지를 펌프에 붓는 것은 땅속에 있는 물을 끌어올리기 위해 마중을 가는 것이라는 어르신들의 말씀을 듣고도 무슨 말인지 이해를 하지 못했다. 펌프의 원리를 몰랐던 시절의 궁금증이 나이를 더해 가며 비로소 깨닫기 시작했다.

마치 밤에 오시는 귀한 손님을 맞이하기 위해 마중 나가는 주인의 따뜻한 마음처럼 마중물은 땅속으로부터 물을 끌어올리기 위해 씨앗 물이 되어 물길을 이어주는 에너지 역할을 한다는 근원을 알았다.

그러고 보면 우리 주변에도 마중물이 많다. 가을 현란한 빛으로 녹아드는 단풍은 다가올 겨울을 마중하고 불타는 듯한 석양은 밤을 마중하기 위해 온몸을 태운다. 2013년의 마지막 날 우리는 모두가 2014년 신년을 마중하기 위해 온 마음을 다해 서로를 부둥켜안고 끝 날의 인사를 하는 게 아닐까. 과거는 현재를 마중하고 현재는 미래를 마중하기 위해 존재하는 것이기도 하다.

딸아이가 결혼을 한 지 5년이 되도록 아기가 없었다. 처음 2, 3년은 별 생각 없는 듯 보였으나 차츰 시간이 흐를수록 아이는 물론 나 또한 초조한 마음이 들기 시작했다. 근래 산부인과를 찾는 불임환자가 점점 늘어난다는 매스컴의 소식이나 주위 아기를 갖지 못해 병원을 찾는 사람들이 많은 것을 보며 딸애는 점점 불안감이 깊어지는 것 같았다.

어느 날 병원을 다녀온 아이에게 나는 '마중물'에 관한 이야기를 들려주었다. 아기를 가지려면 마치 마중물처럼 마음의 평안과 좋은 생각, 그리고 적당한 신체 단련으로 아기가 찾아왔을 때 잘 맞이할 수 있는 건강한 몸을 만들어야 한다고 강조했다. 아기를 마중하기 위해 모든 준비를 해 나갈 때 비로소 귀한 생명이 찾아오는 것임을 간곡히 일러주었다.

우리가 살아가는 주위 환경엔 어디든 마중물이 있다는 것을 깨
닫지 못하고 지내왔었다. 인간관계뿐만 아니라 삶의 이치 가운데
도 마중물이 항상 존재한다는 것을 일찍 알았다면 좀 더 가치 있
는 삶을 살아오지 않았을까 싶다.

비를 마중하기 위해 먹구름이 몰려 고갈된 땅위에 단비가 내리
듯 메마르고 돌덩이처럼 굳어있는 곳에 한 바가지의 마중물을 부
어 끝없는 욕망과 미움 또한 이기심을 씻어내고 인간미 넘치는
따뜻한 세상이 된다면 이보다 더한 보람이 있을까.

나는 오늘도 한 바가지의 마중물이 되어 내 이웃을 마중하려고
한다.

은행나무 두 그루

누렇게 뒤덮인 하늘을 바라본다. 매년 봄이 찾아오면 으레 걱정스러운 게 황사바람이다. 중국으로부터 몰려오는 모래바람은 봄의 정취와 그를 기리는 우리네 마음에 생채기를 내준다.

봄이 봄답지 못하게 몸살을 앓고 있는 듯하다. 첫 계절이 안쓰럽다. 지난겨울을 잘 견뎌냈다 싶었던 은행나무 분재 두 그루가 시름시름 앓는가싶더니 가장이들이 하얗게 말라버렸다. 연녹색 순이 벌써 나왔어야 하는데, 말라서 부스러지니 틀림없이 생명을 다한 것 같다. 쓰리고 안타까운 마음을 말해 무엇하랴.

떠나신 아버지가 거의 40여 년을 정성스레 기르시던 은행나무 두 그루다. 아버지가 그리우면 은행나무를 들여다보며 마음을 달래곤 했는데, 기어이 병이 들게 하다니…. 소홀하게 다루었던 것을 후회한들 비쩍 마른 줄기에서 새 순이 나올 것 같지가 않다. 아침저녁으로 베란다에 나가 나무를 쓰다듬었다. 그리고 "사랑한다. 나무야 꼭 살아다오." 물기가 오르지 못한 마른 줄기를 어루만져 주며 중얼거린다. "너무 미안하구나. 나무야."

마음 한 구석이 횡 하니 찬바람이 돈다. 아버지가 소중하게 가꾸시던 나무인데 그것 하나 잘 보듬지 못했으니 나의 무심함이 죄송스럽다. 조카에게 영양제를 사오게 하여 나무 언저리에 꽂아주었다. 화분이 작거나 영양이 모자라서 제대로 구실을 못한 것인가 싶어 가을에는 꼭 큰 화분으로 갈이를 해주리라 다짐을 하면서.

사람 같으면 앓는 소리라도 내련만 가엾은 은행나무는 초라한 모습으로 나를 맞는다. 나의 말소리를 듣고 기운을 차릴 수 있을까. 나의 손길을 느끼고 소생할 수 있을까. 아버지가 생존해 계실 때 나는 아버지께 내 마음을 깊이 전하지 못했다. 잠숫는 것과 용돈 챙기는 것, 의복 신경 써 드리는 것 외에는 그저 무덤덤하게 대했다. 듣기 좋은 말 한마디조차 인색했던 것을 되새겨보며 은행나무에게 살갑게 대해 본다.

때때로 사람들과의 만남에서 외교적 발언이 필요할 때가 있다. 마음속에서 시키지 않아도 상대에게 기분 좋은 말을 해줌으로써 그의 즐거워하는 모습 때문에 오히려 내가 더 기쁨을 느끼게 되는 것을 체험하곤 한다. 되돌아오는 메아리처럼. 이런 이치를 알면서도 아버지께는 왜 그리 냉담했는지, 지난 세월을 떠올리면서 자책에 시달리곤 한다.

어느 날 깜짝 놀랄 일이 생겼다. 분재를 보러 나가니 두 나무에 뾰족하게 파란 순이 얼굴을 내밀고 있지 않은가. "아, 나왔구나. 살아났어." 감동의 순간이다. 마치 아버지를 만난 듯 그렇게 가슴이 설렌다. 죽은 나무라고 가장이를 툭툭 잘라버려 한 나무는 순이 나올 곳이 두 곳밖에 없는데, 그 두 곳에서 여린 순이 뾰족이 올라온다. 또 한 나무도 몇 군데에서 순이 나오고 있다. 마른 나뭇가지에 파랗게 새 순이 피었다. 순마다 입을 맞춰 준다. "잘했어. 기특하다." 쓰다듬어주며 칭찬을 아끼지 않는다.

"누굴 보고 사랑한다고 하는 거요?" 거실에 있던 남편이 다가오며 의아해 한다. "이것 봐요. 순이 나왔어요. 나무가 살았어요."

오늘은 하늘이 맑고 햇빛이 찬란하다. 황사가 물러간 모양이다. 은행나무 두 그루에 물을 흠뻑 뿌려준다. 순에서 아주 작은 잎이 텄다. 귀여운 새끼은행잎이다. 너무 귀엽고 앙증맞은 이파리가 말갛게 웃는다. 이제야 나는 아버지께 죄스러웠던 마음을 접을 수 있을 것 같다.

작은 일이지만 은행나무와의 두 달간 애정교류는 실험 극장 같은 신선한 경험이다. 늘 웃고 밝은 마음으로 누구에게나 좋은 말을 건네는 다정스런 인품으로 살아갈 것이다.

석탑과 어머니

우리집 뒤 발코니에는 고려시대 적 자그마한 석탑 두 개가 놓여 있다. 오랜 세월을 말해 주듯 푸른 이끼 꽃이 덮여 있어 누가 보아도 고(古) 탑임을 금방 알 수 있다. 오래되어 거무칙칙하게 변한 이끼에 이따금 물을 품어 주면서 나는 돌아가신 어머니를 본다.

내 위로 두 아들을 두셨던 어머니가 처음으로 절을 찾게 된 것은 홍역을 앓던 아들 둘을 모두 잃고 난 후부터였다. 끝으로 딸 하나만이라도 잘 키워 보려는 마음으로 성북동에 있는 작은 암자를 찾아가 딸의 명줄을 걸었다. 단명한 아들에 얼이 빠진 어머니는 일구월심 딸을 위해서 부처님께 비는 것만이 당신이 할 일처럼 여기셨다.

그때 우리 집 안뜰에는 삼층으로 된 석탑이 놓여 있었는데 층층의 탑 간마다 불을 밝히느라 밤이면 기름등잔이 하늘거리곤 했다. 전등이 흔할 때가 아니어서 한밤중에 안뜰을 지날 때에는 석탑에 켜 놓은 가냘픈 심지 불을 의지한 때가 많았다.

어느 날 나는 우연히 밖을 내다보다가 누군가가 석탑 앞에서 정성스레 절을 하는 것을 보게 되었다. 조용히 다가가니 어머니가 두 손을 합장하고 한없이 절을 하고 계신 게 아닌가. 돌탑에 왜 저렇듯 절을 하는 것일까, 궁금해 하면서도 너무나 진지한 어머니의 모습에 숨소리도 크게 내지 못했다. 나는 때때로 어머니의 그런 모습을 몰래 훔쳐보곤 했다.

언젠가 어머니 손을 잡고 따라갔던 큰 사찰에도 석탑이 있었다. 그것은 집 안뜰에 있는 것보다 몇 배는 더 크고 우람했다. 불공을 다 드린 신도들은 댓돌을 내려서면 으레 석탑이 있는 곳으로 가 다시 또 합장을 하고 여러 번씩 절을 하곤 했다. 그러고는 탑 주위를 빙글빙글 돌면서 무언지 입 속으로 중얼거리는 것이었다. 역시 어머니도 나를 앞세우고 탑돌이를 하셨다. 돌로 만든 탑에다 왜 절을 하고 빙빙 도는지 궁금했으나 감히 물어볼 수 없을 정도로 근엄해 보이는 어머니를 따라 돌고 돌았다.

딸의 무병장수를 빌던 어머니의 마음은 그 대상이 돌이든 물이든 가리지 않고 오직 딸을 위한 일념만으로 공을 들이셨던 것 같다. 그런 어머니가 절엘 가자고만 하면 왠지 점점 싫고 자꾸 피하고 싶은 마음이 일기 시작했다. 어린 소견에도 울긋불긋한 그림에 다가 왜 절을 해야 하며 그것도 백 번 이백 번씩이나 해야 하는지 도저히 납득이 되지 않기도 했고, 법당에 들어서면 무서운 얼굴들 이 언제나 두려워 벌벌 떨었던 기억을 떨칠 수가 없기 때문이었 다.

그런 생각으로 절을 싫어하는 나의 속마음을 다 알아채고 계신 듯 주지스님은 묵묵히 나를 이끌고 석탑 앞으로 가곤 하셨다. 빙 긋이 웃으며 손을 꼭 잡고 스님은 조용히 천천히 탑을 돌면서 내 게 눈짓을 하셨다. 나는 그 기에 눌려 스님의 뒤를 따라 탑을 돌고 또 돌곤 했다. 어머니가 타계하신 후 화장을 해 드리고 그 절에 위패를 모시고서야 그분의 깊은 마음을 헤아리게 되었으니 참으 로 안타까운 일이 아닐 수 없다.

어렸을 때의 많은 일들을 깨닫지 못하고 늦게야 깨우치는 자녀 들, 늘 시행착오만을 하고 회한에 괴로워하는 것이 자녀의 모습이 아닐까 한다. 자식을 위한 어머니의 깊은 사랑은 비록 그 대상이 무엇이건 개의치 않는 지고지순함인 것이다.

이끼가 끼어 군데군데 버짐처럼 무늬가 피어 있는 석탑 앞에서 이제 나는 여섯 아이의 어미가 되어 서 있다. 과연 나는 아이들을 위해서 내 어머니처럼 무한한 사랑을 보내고 있는 것인가.

미안해요 고마워요

지하철을 타고 동작대교를 지나면서 건너편 국립묘지를 바라본
다. 단풍이 붉게 물들어있는 나무들은 타는 노을을 받아 더욱 강
렬한 빛을 내뿜는다. 방배동으로 이사를 온 뒤 언젠가는 저 곳을
한 번 가봐야 하는데, 맘뿐으로 지내온 세월이 10년째다.

며칠 전 친구들과 KTX 패키지여행을 떠났다. 근래 여행상품이
다양해져서 시간만 나면 여행을 즐기는 친구와 국내 여행을 자주
하는 편이다. 기차 여행을 얼마 만에 하는지 새롭고 흥분이 일었
다. 차창 밖으로 휙휙 지나치는 시골의 풍경들이 마치 영상을 바
라보는 듯 착각마저 인다. 가을이 깊어가는 11월, 기차여행은 또
다른 감흥을 자아낸다. 앞으로 겨울을 받아들일 준비로 훌훌 벗어
내는 계절이어설까. 스산한 바람이 부는 들녘, 햇빛에 반사되어

빛나는 억새의 흐느낌이 있어서일까.

부산은 대학 시절, 어느 해 여름방학에 잠깐 다녀갔던 기억이 전부였기에 새삼 대학 시절의 오랜 추억을 되돌아본다. 새로 만들었다는 긴 광안대교를 건너 한참 달리니 UN기념공원이 보인다. 잘 전지된 향나무와 깔끔하게 정돈되어 있는 공원은 적막하기 이를 데 없다. 들어서기 전부터 가슴에 무거운 것이 짓누르는 듯 답답해 왔다. 6·25전쟁에 파병된 UN군들의 넋이 쉬는 곳, 관광 코스로 빼놓을 수 없다지만 무엇인가 마음은 무겁기만 하다.

오래 전 부산에 살고 있는 친구로부터 유엔군 묘역이 잘 만들어졌다는 소식을 전해들은 적이 있었다. 그렇다면 그 이전에는 제대로 조성이 되어있지 않았다는 것인가. 언젠가 방영된 〈영웅시대〉라는 드라마에서 잠깐 언급된 장면을 떠올리며 묘역을 바라보는 마음이 예사롭지만은 않다.

이름도 없는 무명용사의 묘도 몇 십 구 있었다. 관리인의 말로는 유가족이 이장을 해가고 2,300여 구가 남아있다고 했다. 군데군데 늦장미가 환하게 피어 있고 사철나무와 회양목이 잘 다듬어져 있었으나 공원을 돌아보는 마음은 허허롭기 그지없다. 이역만리 타국에서 그것도 약관의 나이로 목숨을 바친 영령들, 아들을 보내놓고 노심초사하던 부모에게 전사통지가 날아갔을 때, 과연 그들은 무어라 울부짖었을까. 별안간 찬바람이 가슴으로 비수처럼 꽂힌다. 너무 미안하고 안쓰러운 젊은이들. 아들의 허망한 죽음 앞에서 부모의 안타까운 마음을 짚어본다.

이곳 남구에 처음 자리를 잡으려 할 때 구민들의 반대가 커 묘역이라 하지 않고 기념공원이라 명명했다는 말을 들으니 이곳을 거니는 것조차 죄스럽다는 생각이 들었다. 전쟁의 소용돌이 속에서 가족을 떠나 온 젊은이들, 죽음을 예견하면서도 싸울 수밖에 없었던 시대적 이데올로기. 이제는 전쟁의 기억조차 희미해졌지만 우리나라에 파병되어 목숨을 버린 그들을 무슨 말로, 어떻게 보상해 줄 수 있을까.

아들애가 군에 입대했을 때를 떠올렸다. 전시도 아니고 평화로운 시대 국가에 대한 의무를 완수하기 위해서 군에 입대하고 군복무를 마치고 전역할 때까지 얼마나 가슴에 그리움을 품고 살아왔던가. 아이가 신던 구두만 보아도, 입던 옷을 만지면서도 눈물을 삼켰던 시간들이었다.

남편의 생일에 모두 모였다. 왁자한 분위기에 고조되어 있던 남편이 서재로 들어가 아들애의 전역 패를 들고 나왔다. 약장 위에 올려놓고 두 손으로 어루만지며 "정말 보고 싶다"고 중얼거린다. 제대 후 바로 복학하기 위해 외국에 나가 있는 아이가 그리운 모양이다.

천천히 묘역을 걸으며 그들의 이름 하나 하나를 불러주었다.

내 아들이 아니어도 감정의 소용돌이는 부모의 그것인 것 같다. 아무 연고도 없는 한국으로 파병되어 산화한 아들을 어디에, 누구에게 호소를 하겠는가. 허공에 대고 통곡을 해 봐도 소용이 없는 것을.

소슬한 가을바람이 나뭇잎을 날린다. 장미는 아름답게 피어있지만 꽃술이 눈물로 젖어있는 듯 촉촉하다. 정교하게 다듬어진 나무 끝이 뾰족이 가슴에 와 박힌다. 이곳저곳 영령의 숨소리가 날아다니는 UN기념공원. 머리를 숙이고 "미안해요" "고마워요"라고 작은 소리로 중얼거려 본다. 나 역시 어미이기에.

046 홍애자 숨어 있는 꽃들

갓길에 서면

바람이 분다. 고속도로를 휩쓸고 올라오는 위력이 대단하다. 도로의 먼지를 휘몰아 춤을 추는 남동풍의 소용돌이다.

갓길에 여러 대의 차가 서 있는 게 보인다. 이른 새벽부터 먼 길을 달리는 운전자가 잠시 피로를 씻기 위해 쉬면서 잠시 졸음을 쫓아내는 모습이다.

한동안 집을 떠나 나만의 시간을 보냈다. 하루가 어찌 그리 길고 여유로운지, 이 나이가 되도록 살아오면서 체험해보지 못했던 다른 세계를 경험했다. 오직 자신만을 위한 시간과 공간 속에서 하고 싶었던 일과 보고 싶었던 것, 가고 싶은 곳을 어느 누구에게도 제제 받지 않고 할 수 있다는 게 기쁘다. 가족의 얼굴도 감감해지고 내 뇌리는 점점 하얗게 바래져가고 수십 년 만의 귀한 시간을 헛되이 할까 봐 잠깐씩 조바심을 내곤 한다.

노을 지는 서녘에 나는 고독한 기러기가 되어 한쪽으로 비켜서 있는 갓길처럼 지낸다. 조금은 한가롭고 편안한 마음이지만, 늘 홀로이지만 행복하다. 언제나 주위에 사람들로 북적이며 지냈던 나날들로 해서 이렇듯 호젓함이 더욱 소중하게 여겨지는 것 같다. 자유로움을 동경해 온 긴 세월이었다. 창공으로 비상하는 새를 부러워했던 30대에 나는 과연 무엇을 했는지 뚜렷한 추억이 없다.

겨우내 옷을 벗고 서 있는 나목이 되어 그렇게 나를 벗어버리고 싶다. 많은 이야기가 필요 없고 표정조차 다스리지 않아도 좋다. 그저 묵묵히 홀로 세상을 구경하며 서 있고 싶을 뿐이다. 바람이 불면 흔들리고 비가 내리면 맞고 폭풍우가 몰아치면 한바탕 몸부림치며 통곡하면 되는 것을.

언제부터인가 사람들로 북적이는 곳을 피하고 싶어졌다. 어느 사람은 그런 증세가 정신적으로 피폐되어서 그렇다고 말한다. 옷을 차려입고 표정 관리를 하며 미소로 대해야 하는 대외적 행사가 부담스러워지기 시작했다. 외교적 발언을 해야 하고 가장 우아함을 내세워 관계유지를 위해 촉각을 곤두세워야 하는 시간들이 힘겨워지기 시작했다. 세상 사는 게 다 그래 하면서 해왔던 일들, 이제는 다 벗어버리고 벌거벗은 나목처럼 되고 싶다. 갓길로 나가 응급치료를 하고 싶은 충동이 썰물처럼 내 정신을 쓸고 지나간다.

그저 무기력한 몸을 맡긴 채 날아다니는 먼지처럼.

어느 해인가 싱가포르 크루즈를 한 적이 있었다. 둘째가 스위스 여행사를 통해 주선하여 여행객이 모두 스위스인들이었다. 여유로움과 안정된 표정이 나를 압도하는 듯한 그들과 매일 저녁만찬에 이어 칵테일 파티에 참석을 하게 되었다. 한국인은 우리 내외뿐으로 특별한 예우를 극진히 받았다. 그들은 거의 일선에서 물러나 쉬는 이들로서 자신들의 처지를 얼마나 자랑스럽게 여기는지 그 긍지가 대단했다.

삶의 설계를 향해 질주만을 해야 했던 젊은 시절. 고통과 좌절, 때로는 절망의 늪으로 빠지기도 했던 그때의 자화상을 돌이켜보며 노년의 여유로움은 금보다 귀하다고 말하고 있다. 그들은 마음가운데 각자 자신의 갓길을 만들어 놓고 인생의 끝 페이지를 꾸미고 있는 것 같았다. 갓길에 서서 한유를 만끽하는 모습은 나의 고정된 생각을 완전히 뒤바꿔 놓았다. 정년퇴직의 쓸쓸함과 소외감을 느끼며 자신을 비하시키는 우리네의 노년기를 떠올려 보면서.

빼곡히 들어선 주차장의 차들 속에서 빠져나와 은행잎이 날리고 가로수가 내려앉는 아름다운 길을 홀로 달린다. 클래식이 흘러나오는 차 안에서 오롯이 나만의 세계를 지배하는 기분이 이렇듯 즐거울 수 있다니. 차창 사이로 솔잎냄새가 스며드는 숲길은 내 미지의 공간이다. 갓길에 잠깐 서보니 우주가 다 내 것인 것을.

지울 수 없는 기억들

하늘이 캄캄해지면서 천둥 번개가 요동을 친다. 매년 장마가 소강상태 될 즈음이면 어김없이 찾아올 태풍에 온 신경을 곤두세우는데, 올해는 이 정도로 대신하면 얼마나 좋을까 싶다.

얼마 전 책상에 앉아 수년 전부터 정리해야 할 지인들의 전화번호를 보고 아연 놀래지 않을 수 없었다. 이름 석 자와 번호는 있는데, 이미 타계하신 분들의 모습이 희미하게 지워지고 있는 게 당황스러웠다. 미처 인지되지 않았던 상황을 맞닥뜨리니 순간 머리가 핑 도는 것 같다. 그렇다. 십 수 년 전부터 내 주변에서 아끼고 소중히 여기던 분들이 한 분 두 분 떠나가시며 바쁜 일상 속에 그분들이 차츰 잊히고 있었던 것이다. 그 당시 마음을 가누지 못한 채 노트 한 쪽에 남겨 두었고, 오랜 세월이 흐른 지금도 역시 나는 그 분들의 번호를 새 노트에 옮겨 쓰고 있으니, 받을 사람은 없으나 소인 없는 편지를 쓰는 마음으로 허전한 가슴을 채우고자 하는 마음에서일까.

타계한 20여 분들의 전화번호만을 한 페이지에 쓰면서 더욱 마음이 아픈 것은 심지어 우리 음악실에서 연습을 했던 외국음악가들 중에 다섯 분이나 떠나셨다는 사실이다. 지금까지도 그 분들의 음악이 귓전에 잔잔히 들리는 듯하고 사인북을 펼치니 정겨운 글귀가 마음을 흔들고 있다.

딸들이 다 연주자이고 보니 매년 공연이 그치지 않고 열린다. 매번 귀찮을 정도로 초대 전화를 할 때마다 반갑게 응대하시며 늦은 밤에도 참석해 주신 분들, 공연 후 평자로서 좋은 글을 남겨주신 음악가 선생님들과 클래식 마니아로서 우리 연주를 빼놓지 않고 찾아오셨던 분들 중 이렇게 떠나신 줄은 미처 깨닫지 못했다. 또한 문학계 원로선생님들께서 타계하실 때마다 서운하고 숙연한 마음으로 하직인사를 드리고, 유고집을 다시 읽으며 떠올려보지만 선생님들의 모습은 점점 내 뇌리에서 사라져 가고 있다.

이런저런 생각을 하면서 번호를 써 내려가니 한 분 한 분이 내게서 떼어낼 수 없는 *끈끈한 인연*이었다는 걸 깊게 느껴진다.

며칠 전 친구가 세상을 떠났다. 어릴 적 초등학교 소꿉동무로 같은 여대 같은 과에 입학을 하여 수십 년 동안 자매처럼 지내던 친구다. 몇 년 사이에 이 친구까지 동창 중 넷이 떠나갔지만, 그래도 남아 있는 친구들은 여전히 전과 다름없이 지내고 있으니, 슬픔은 그때뿐이요, 망각의 세월에 실려 서서히 잊혀가고 있음이 슬프다.

이 세상 만물 중 생명이 있는 모든 것이 그 연한(年限)이 있다. 사계절의 이치와 같이 인간의 삶도 비슷하지 않을까 싶다. 태어나 성장 시기를 거쳐 성인이 된 후 자신의 삶을 가꾸고 자손을 양육하면서 서서히 쇠잔해 간다. 한철 나무가 아름다운 자태로 꽃을 피우고 사그라지듯 생명의 한계는 누구에게나 찾아오는 이치를 다시금 새겨본다.

언제 그랬냐는 듯 소나기가 그치고 드문드문 구름 사이로 파란 하늘이 숨바꼭질을 한다. 잊혀가는 것, 소멸되는 것, 그 모든 것은 다시는 되찾을 수 없고 기억으로부터 점차 멀어지기 마련이다. 그렇기에 떠나신 분들의 번호를 그대로 노트에 적어 놓는다면 살아가는 동안 그리움의 소통이 될 것만 같아 다시 펜을 잡는다.

모든 분들을 한 곳에 기록을 한다. 거기에는 돌아가신 내 부모님과 시부모님의 함자와 주민번호도 있다. 그저 내 맘을 달래기 위해서라고 스스로 위로하며 열심히 쓰고 있다.

2

구석 자
　　리

느림 그 아름다움

싸라기눈이 조용히 내린다. 길목을 조금 지나 아차산 어귀로 들어서는 좁다란 오솔길이 나온다. 느릿느릿 걸음을 옮기자 알싸한 나무의 향이 코끝에 스민다.

천천히 걸으며 이런저런 생각을 하다보면 가끔 방향을 놓칠 때가 있다. 딱히 어디로 가야할 곳을 정하지 않고 들어선 산길이라 여러 갈래의 길을 거슬러 가기도 하고 한눈을 팔면서 갖가지 생각에 잠겨 길이 아닌 숲속도 걷게 된다. 그때 비로소 내 자신을 넉넉히 받아들이게 되는 것 같다. 낙엽이 발밑에서 부스러지는 소리에 귀를 적시고 그 부스러진 이파리를 보며 삶의 덧없음을 생각한다.

어디를 가나 느림이 대접을 받지 못하는 시대가 되었다. 부지런함을 추구하며 그 개념을 확산시키는 계층이 형성되고 있는 반면 자유를 갈구하며 편안함을 느끼고자 하는 것은 망상일 뿐, 현대인의 병폐로까지 인식되어지고 있다. 일본의 다다이찌로는 그의 저서에서 "세상에는 어찌하여 근면의 사상만이 판을 치고 경제학만이 존재하며 게으름 학은 없는 것일까."라고 '게으름의 이데올로기'에서 피력했다. 과연 나는 근면한가? 아니면 게으른가? 이 둘의 차이는 어떤 것일까. 이따금 새벽부터 일에 싸여 정신을 차리지 못할 때가 있는데, 이것은 근면이 아니라 근면이란 미명하에 자신을 학대하는 일부가 아닐는지.

자유를 만끽하며 편안함을 가질 수 있는 느린 삶은 누구나 누릴 수 있는 특권이며 행복이다. 산모롱이를 돌아 나와서 맞는 오솔길은 정적이며 낭만을 동반한다. 그리고 한가롭다. 느림을 즐기며 느림에 몸을 실어 꼬불꼬불한 좁은 숲길을 아주 천천히 걸어본다. 이것이 내가 산책을 즐기는 이유이며 삶의 여유로움을 되찾는 행복이기도 하다.

작곡가가 오선지에 쉼표 하나를 찍고 나면 심포니와 오페라, 콘첼토가 춤을 추며 현란한 몸짓으로 음율을 쏟아내고 지휘자는 긴 숨을 토하며 지휘봉을 높이 쳐들고 피아노의 건반은 학의 날개처럼 펄럭이기 시작한다. 100여 명의 단원들이 저마다 혼신을 다하는 손과 팔놀림에서 음역은 서서히 퍼져 흩어지며 감성을 흔드는 황홀함이 장내를 뒤덮는다. 감동의 함성, 빠르고 광활한 소리의 춤사위에서 빠져나와 느릿하게 침잠 속 저 깊은 심연에서 헤엄쳐 나오는 여유로움, 바로 느림의 아름다움이다.

연주를 앞두고 준비하는 아이들마다 "엄마가 앞서 가니 우리가 해야 할 게 없어요." 마치 저희들이 못 미더워 먼저 서두르는 속마음을 꿰뚫고 있기나 한 듯 불평들이다. 그러나 믿지 못하는 게 아니라 나의 일생이 '빨리 빨리'라는 관습의 노예가 돼 있는 것임을 아이들은 모른다.

얼마 전 까지만 해도 나는 그것을 근면으로 자부하며 교만을 부렸던 것이다. '하루 시간이 짧아' 하며 새벽부터 할 일을 메모하고 분주하게 움직였다. 하루가 24시간이 아니라 25, 26시간으로 늘일 수 있다는 생각이 깊이 박혀 있었다.

일 년 열두 달 중 공연이 없는 달이 거의 없을 정도로 다섯 아이는 저마다 바쁘다. 그에 발맞춰 나는 더 바쁘다. 지인들 앞에서 될 수 있으면 '바쁘다'라는 말을 삼가려 해도 입에 붙어 저절로 튀어나올 때면 여간 면구스러운 게 아니다. 그러나 오늘을 사는 사람이라면 바쁘지 않은 이가 어디 있겠는가. 초고속시대에 얹혀 사는 게 현실이기 때문이다.

그러나 마음을 가다듬고 내면의 탐심을 쏟아내고 보니 그 근면의 정체가 그렇게 좋은 것만이 아니라는 게 느껴진다. 심성이 강퍅해지고 감성이 메말라 감동이 사라지기 일쑤다. 호숫가에 앉아

물이랑을 만들며 노니는 오리 떼와 억새의 유유한 몸짓에 즐거워하며, 조금은 게으른 여인으로, 여유와 사색으로, 들꽃을 사랑하는 사람으로 서 있고 싶다.

어느 새 오솔길 깊숙이 들어와 느림을 즐긴다. 도시의 소음과 멀어져 가면 갈수록 내 안에 풍요함이 가득해진다.

느림, 은은하게 피어나는 꽃향기 같은 아름다움이다.

구석 자리

어디를 가나 중앙에 앉기보다는 구석 자리를 찾는 사람들이 많다. 나 역시 습관처럼 귀퉁이를 즐겨 찾는다. 구석만을 찾는 데에는 그만한 이유가 있다. 넓은 공간 한 가운데보다는 구석의 안도감 때문인지도 모른다.

지하철에 경로석을 준비한다기에 과연 어르신들 자리를 어떤 형태로, 어느 곳에 만들어 놓았을까 무척 궁금했다. 어느 날 마음 설레며 전철에 오르니 내가 궁금해 하던 그 자리는 양쪽 네 귀퉁이의 12좌석이었다. 그 열두 좌석은 임산부와 장애인 함께 앉아야 하는 곳으로 경로석만은 아니었다. 단지 이름을 경로석으로 명명했을 뿐 때로는 임산부가 서 있는 경우도 적지 않다.

근래 몇 년 사이 노인들의 출타가 증가하기 시작했고 다리가 건강한 분들은 거의 대중교통을 이용하는데 그중에도 지하철의 선호도가 높아 양쪽 네 귀퉁이에 있는 경로석이 단연 모자라지 않을까 싶다. 그런데 이런 구석자리가 지정되고부터 눈에 띄게 달라진 게 있다면 경로석 아닌 어느 자리일지라도 젊은이들은 절대로 자리를 양보하지 않는다는 점이다. 경로석이 있으니 마음이 편안해설까.

과연 노인의 구석자리는 말 그대로 경로의 역할이 되고 있는 것일까. 경로석이 만석일 때 노인이 무거운 짐을 들고 젊은이 앞에 서 있는 모습을 바라보며 씁쓸한 때가 한두 번이 아니다. "당신들 자리에 가세요." 하는 듯한 싸늘함과 무관심을 바라보며 언뜻 구석자리의 소외를 본다. 불안이 밀려오고 초조할 때 찾는 일반 사람들의 자리와는 그 의미가 다르기에 어른들의 구석자리는 어느 누가 보아도 차별화의 비애다.

각각 받아들이는 생각에 따라 느끼는 폭이 다르겠지만, 이 사회의 구석자리의 상징이 '노령'이어서는 안 되지 않을까. 당당한 가운데 자리를 마련함으로써 젊은이들이 노인을 대하는 사고(思考)가 변화될 수 있다면 좀 더 따뜻한 사회가 될 것인데. 젊은이들의 구석자리는 겸허로 보이지만 노인의 구석자리는 소외일 수밖에 없기 때문이다.

젊은이와 노령의 구석자리, 그 의미는 서로 아이러니한 느낌을 내포하고 있다. 스스로 찾아드는 구석은 낭만이다. 그러나 타인에 의해 만들어지는 구석자리는 아픔이 될 수도 있을 것만 같다.

내 안에 침잠되어 있는 구석의 모습은 어떤 것일지 궁금해진다. 표면으로 나타나지는 않지만 내면에 도사리고 있는 것은 외로움과 소외의 그늘이라고 여겨진다. 나의 고독이 너무 아파 타인을 볼 수 없는 맹인으로 살아온 세월, 무관심과 방관이 얼마나 쓸쓸한 구석을 만드는지를 깨닫게 된 것은 지하철의 열두 자리가 한몫을 한 셈이다.

이른 아침 치과에 가기 위해 열차를 기다린다. 될 수 있으면 출근시간을 피해야 하지만 9시 예약이니 할 수 없이 열차에 올랐다. 직장에 나가는 젊은이들 틈에 끼어 간신히 버티면서 조금은 그들에게 미안한 생각이 들었다. 내가 타지 않았더라면 문이 닫혀 타지 못한 다른 청년의 출근이 혹 늦어지지 않을 것인데.

삼성역까지 오니 차안은 거의 텅 비었다. 그때 구석자리가 눈에 들어왔다. 양쪽 자리가 다 비어 있는데도 몇 젊은이들은 그 좌석에 앉지 않는다. 어르신네의 자리임을 지키는 것이리라. 마음이 훈훈해진다.

"자리에 앉아요. 어르신이 오시면 내드리면 되는데."

청년이 환한 미소를 보내며 사양을 한다.

한결 마음이 가벼워졌다. 지금까지 구석자리에 대한 나의 단단한 편견이 이들 청년의 따뜻한 마음씨로 해서 바뀌어졌다. 이따금 인터넷상에서 지하철을 이용하는 노인들에 대하여 악플을 읽었을 때 생긴 생채기가 서서히 아물어가는 듯하다.

오늘도 지하철 구석의 어르신들을 바라보며 노구가 되어 있을 때의 나를 앉혀 본다. 과연 그 자리에 앉아 인생여로의 피로와 삶에 지쳐 보이는 초췌한 모습이라면 어떠할까.

좀 더 친절과 예우가 풍기는 자리로 당당한 어르신들이었으면 한다. 그래서 나이를 더해가는 쓸쓸한 마음이 아닌 나름으로 화려했던 지난 세월을 떠올리며 담담하게 새로운 인생을 설계하는 모습을 보고 싶다.

무릎 꿇는 마음

힘들고 어려운 일에 부딪힐 때마다 마음속으로 외우는 말이 있다. "시간이 지나면 다 해결이 되는 거야." 역시 이 말은 말 그대로 해결사가 되곤 한다. 어서 시간이 지나가기를 바라면서 이겨나가는 과정을 겪어낸다.

남편이 사원을 모집하여 인터뷰를 할 때마다 깨우치는 게 있다고 했다. 대학시험이나 취직 시험에 한두 번 실패를 겪은 젊은이와 단번에 합격하여 어려운 고비를 겪어보지 못한 사람과는 판이하게 서로 다른 인격으로 형성되어 있더라고 했다.

실패를 거듭한 젊은이는 매사에 신중하고 겸허한 태도이지만 그렇지 않은 사람은 자신감이 넘치는 대신 오만함이 가득하다. 앞으로 닥칠 어떠한 어려움이라도 이겨나가야 하는데 전자는 인내심이 강하고 긍정적인 사고로 대처하는 반면 후자는 부정적 사고와 불만만을 가지고 스스로 궁지에 빠져든다고 했다.

캐나다 로키 산 해발 3천 미터 고지에 무릎 꿇은 형상을 한 나무들이 있는데, 추위와 강풍, 무서운 눈보라 속에서도 살아남기 위해 온갖 고통을 감내하느라 무릎까지 꿇어진 형태로 변형되었다고 한다. 그 나무로 만든 스트라디바리우스 바이올린의 아름다운 소리는 세계 어느 악기도 따를 수 없다는 이야기가 전해지고 있다. 그만큼 고뇌와 좌절을 겪으며 내공을 쌓은 나무는 그만의 저력과 인내의 아름다움을 지니게 된 것이 아닐까.

아름다운 영혼을 가지고 인생의 절묘한 선율을 내는 사람은 고난 없이 안이하게 살아 온 사람이 아니라 온갖 역경과 아픔을 겪어 온 사람이라는 글을 읽은 적이 있다. 인생을 영위해가는 과정은 마치 무대에서 연주자가 소나타나 협주곡을 완주하는 모습과도 같다고 할 수 있다. 그토록 아름다운 하나의 곡을 완주할 때까지 연주자는 어느 누구도 알 수 없는 힘들고 괴로운 시간들을 겪으며 지금의 그 자리까지 도달했으리라.

이따금 어떤 작은 일에 부딪히게 되면 해결해 나가려는 의지가 없이 닥친 상황만을 힘들어 하면서 괴로워할 때가 있는데, 지나고 보면 아무 일도 아닌 일임을 알게 된다.

그러나 대부분의 인성은 자신의 깊고 단단한 성곽을 쌓아놓고 스스로 그 속에 갇혀 살고 있다. 그러면서 우물 안 개구리의 삶을 살면서도 미처 자신의 환경을 돌아보지 못한다. 누구 앞에 서나 당당하고 자존심을 내세우며 양보하지 않는다. 그것이 곧 자신의 위상을 높이고 권위를 세우는 일이라고 여기면서.

주위에 가까이 있는 친구나 이웃을 대하면서 과연 몇 번이나 내 자세를 낮춰보았는지, 부모나 형제 앞에서 무릎을 꿇어보았는가 스스로 자문해 본다. 하찮은 자존심을 내세우며 불만을 토로하지는 않았는가. 부모와 자녀간이나 부부 사이에 자존심 때문에 일어나는 불협화음을 어떻게 대처하였는지….

십 수 년 전 셋째가 한국 콩쿠르에 도전할 때 독일에서 공부하고 있던 둘째가 잠시 귀국하여 동생을 도와주게 되었다. 자신의 연습도 바쁘고 해야 할 공부가 산더미지만 자매간 앙상블의 효과를 생각한 둘째가 대견했다. 몇 날 며칠을 동생과 더불어 상생의 협주곡을 연습하며 화기애애한 나날을 보냈다. 본선에서 대상을 거머쥔 날, 너무 흥분한 나머지 어미인 나의 큰 실수가 둘째에게 꽂혔다.

아무렇지 않게 던진 한 마디가 딸에게 상처를 준 것이다. 아이의 실망과 홧증은 좀처럼 풀리지 않았고 전전긍긍 며칠간을 보내면서 드디어 나는 아이에게 간곡히 사과를 했다. 어미의 권위 따위는 던져버리고. 아이는 비로소 눈물을 비추며 오히려 내게 미안해한다.

　제 몸을 낮추는 것은 심안의 고통을 인내하는 것이다. 타인을 보듬어주고 배려하는 모습이다. 그럼으로써 인간관계는 더할 수 없이 애정이 싹트는 것이다.

떼장과 어머님

토속식품전이 열리고 있는 전시장을 찾았다. 좀처럼 만나기 어려운 각양각색의 토속음식들은 그 지방의 특별한 맛과 모양을 한껏 뽐내고 있는 듯 보인다.

북쪽 함경도의 회냉면, 평안도의 메밀냉면, 꿩고기만두 같은 향토음식은 각각 지역의 특성을 살린 음식이다. 이런 음식은 특이한 별미로 그 고장사람들에게 사랑을 받고 있다. 특히 평양 메밀냉면은 꽁꽁 얼어붙는 추운 겨울에 먹어야 제 맛이라고 하는데, 찡하고 상큼하며 개운한 맛이 일품 중 일품이다.

여러 종류의 음식을 전시하고 있는 전시장 안은 맛을 찾으려는 사람들로 북적인다. 그 중에는 북녘에 두고 온 가족을 그리며 옛날 즐겨 먹던 음식을 만나고 싶은 이들과 맛을 찾는 미식가들이

와 있을 것이다. 나도 시어머님이 만들었던 음식을 만날 수 있을까 하는 생각에서 이곳저곳을 돌아보았다.

한 곳을 가니 색색의 화전이 아름답게 접시에 담겨져 있다. 너무나 반가웠다. 화전은 생전 시어머님의 십팔번 식품이었다. 그분이 만드신 화전은 며칠이 지나도 굳어지지 않는 게 특별했다. 찹쌀가루에 조청을 잘 조합하여 지져내는 데에 그 비법이 있는 게 아닌가 싶다. 어머님께서는 몇 가지의 음식을 내게 전수하셨는데, 오직 화전만은 늘 실패하였고 종내는 배우지 못했지만, 그분의 화전 맛은 가히 일품이었다.

어머님의 또 한 가지 십팔번인 강계국수와 두부장은 거의 완벽하게 전수받아 지금까지 즐겨 해 먹는 음식 중 하나이다. 어머님이 되었다고 할 때까지 국수 국물을 만드느라 수없이 간을 보고 애쓰며 조바심을 하던 일들이 이제는 그리운 추억의 한 페이지로 남아 있지만.

서울토박이로 어렸을 적부터 친정어머니의 상차림을 보아왔던 나는 시어머님의 상차림은 감당하기가 힘들었다. 어떤 음식이든지 큰 그릇에 하나 가득 담아내시는 어머님의 큰 손이 푸짐하지만 부담스럽기도 했다.

어느 날 어머님은 메주콩을 삶아 아랫목에 묻어놓으라 하셨다. 청국장을 만드시는 줄 알았는데, 하루가 지나자 담요를 걷고 실처럼 진이 진득진득한 콩을 급히 절구에 쏟으셨다. 지나치게 뜨면 안 된다고 하시며 콩을 찧으라고 하시고 일반 된장과 갓 찧은 콩을 알맞게 섞어 쇠고기와 온갖 양념을 섞어 버무리신 후 작고 납작하게 빚어 석쇠에 구워내시는 게 아닌가. 바로 떼장이라는 된장구이였다. 이 떼장은 평안도식 이름으로 바로 된장구이인 셈이다. 된장을 구워먹다니, 신기한 음식에 놀라며 한 쪽을 떼어 맛을 보자 그 맛이 무어라 형용키 어려울 정도로 신묘했다.

세월이 좋아지고 흔한 먹을거리가 많아진 요즘 옛 그 시대에 먹어보았던 맛을 찾는 이들이 늘어나고 있다. 전쟁 중에 쌀이 없어 밀빵과 꽁보리밥에 시퍼런 무총 김치가 꿀맛이었던 때, 그 시대 어르신들의 음식은 모두가 웰빙 식품이었던 것을 이제야 알게 되다니.

언제부터인가 우리 집 특색의 식품 중 떼장은 단연 최고의 특별음식으로 자리매김이 되었다. 조심스레 뒤집어가며 구워 낸 떼장을 접시에 곱게 담아본다. 앞뒤로 참기름을 발라 노릇노릇하게 구워진 것을 한 입 떼어 씹으며 어머님의 손놀림을 떠올린다. 이것 외에도 전수받은 강계국수와 두부장과 돼지고기 삼겹살 풋고추볶음은 거의 어머님의 맛으로 다가가고 있는 것 같아 기쁘다. 이 음식들을 만들 때마다 어머님의 미소와 손놀림이 애틋하게 그리워진다.

어머니의 소리

언제나 나의 아침은 아이의 방문을 두드리며 시작된다. 부엌에서 아들애의 도시락을 준비하느라 분주하다보면 그 애의 바쁜 발소리가 한동안 내 귓가에 머문다.

어렸을 적 나의 아침도 어머니의 소리로부터 시작되곤 했다. 잠결에 아련히 들려오는 여러 소리에 잠이 깨곤 했는데, 그 소리를 들으며 잠자리에 있던 짧은 순간은 꿀처럼 달디 달았다. 구수한 된장찌개 냄새가 코끝에 솔솔 닿아 선잠이 깨고 어머니의 물기 묻은 손에 이끌려 이불 속에서 빠져 나오곤 했다. 늑장 부리는 내 맘을 알고 계신 어머니는 언제나 포근하고 정답게 나를 안아주셨다.

6·25전쟁 때 우리는 미처 피란을 가지 못했다. 내무서원이 아

버지를 찾아 들이닥쳤을 때, 어머니와 나는 몸을 숨기신 아버지를 위해 열심히 기도를 하고 있었다. 내무서원은 우리 모녀를 밖으로 끌어내어 내 목에 총을 들이대며 아버지의 거처를 대라고 어머니를 협박했다. 어머니는 내 손을 꼭 잡아주시며 "무서워하지 말고 기다려라." 하시곤 둑방 움막집으로 달려가 아버지를 모시고 왔다. 불모처럼 내게 겨누고 있던 총부리를 치우라고 호통을 치시며 아버지는 조끼주머니에서 회중시계와 다른 소지품을 꺼내 어머니에게 주셨다. "나는 살만큼 살았으니 경이는 꼭 살려야 하오." 그들에게 끌려가시면서 어머니에게 당부하시던 아버지의 한마디, 숨어 계신 아버지를 모시러 갈 때 하시던 어머니의 단호한 한마디는 어린 내 마음에 잊을 수 없는 큰 위로와 힘이 되었다.

요즘 들어 가끔 어렸을 때 어머니와 함께 들었던 여러 소리들이 들려오는 것 같아 소스라쳐 놀라곤 한다. 바쁘게 돌아다닐 때에는 못 느끼던 소리들이 한가할 때면 환청으로 들려오곤 하는데, 그 소리들은 내가 첫아이를 낳았을 때만 해도 자주 들었던 엿장수의 가위 소리, 굴뚝 청소부가 둥둥 두드려 대던 징소리, 그리고 무엇보다도 어머니의 다정한 목소리….

어머니는 장을 보러 가실 때면 언제나 나를 데리고 가셨다. 그럴 때마다 저마다 자기 물건을 사라고 소리치던 장사꾼들의 소리가 지금까지도 기억 속에 남아 내가 시장을 자주 찾는지도 모른다. 시장에서 들리는 상인들의 목소리는 그때나 지금이나 삶에 힘을 불어넣어 주었고, 그런 소리들은 바로 어머니를 향한 그리움을 달래주는 소리이기도 하다. 어머니가 무섭게 나무라실 때는 억울하고 서러워서 원망도 했었지만, 그 꾸중하시던 소리가 지금의 나를 있게 한 것임을 깨달으면서 문득 나도 어머니를 닮아가고 있음을 알게 되었다.

그 많은 소리 가운데에도 내 옷을 만드시던 재봉틀 소리와 부엌에서 들리던 칼도마소리, 이른 새벽 두부장수 종소리에 맞추어 대문이 열리고 잘잘 고무신 끄는 소리가 지금도 잊히지 않는 것은 그때 시절 그리움이 가시지 않아서지 싶다.

언제나 새벽을 열어주시던 어머니. 나를 성장시키고 큰 세상을 바라보게 해주신 어머니의 소리들을 다시 들을 수만 있다면 얼마나 좋을까. 어머니가 서 계시던 그때처럼 부엌으로 가서 수도꼭지를 돌려본다. 쏴 하고 쏟아지는 물줄기 사이로 어머니의 다정한 얼굴이 스치듯 지나간다.

어머니가 하신 것처럼 질뚝배기에 된장찌개를 안친다. 잠시 아들애 방으로 가서 흐트러진 옷과 책들을 정리하다가, 문득 이 아이에게 들려지는 어미의 소리는 어떤 소리들일까 궁금해진다. 아마도 이른 새벽에 들리는 여러 소리들을 아예 듣지도 못하거나 내 발소리와 방문 두드리는 소리에 오히려 짜증을 낼지도 모를 일이라는 생각에 미치니, 내 어머니가 들려주시던 소리가 더욱 그립고 애틋하기만 하다.

　누구나 어머니를 향한 그리움을 지니고 살 것이다. 생존해 계실 때에는 그분의 소중함을 미처 생각지 못하고 서운하게 해드리면서도 곁에 안 계시면 꾸지람이 보약이 되었음을 알게 되니, 자식이란 늘 시행착오만 하는 어리석은 존재임에 틀림이 없는 것 같다.

　오늘 아침도 나는 여전히 아들에게 많은 얘기를 들려준다. 그러나 이 소리들이 과연 어떤 색깔로, 또 얼마나 깊이 아이에게 남겨질는지 모르지만, 그래도 나는 더 많은 소리들을 아들에게 계속 들려줄 것이다.

작은 발

한 뼘이나 될까 싶은 예쁜 백일 된 아기 신을 몇 켤레 샀다. 예쁜 꽃무늬가 귀엽게 찍혀 있는 포플린으로 만든 아주 작은 신이다. 보스턴에 있는 외손녀의 백일 선물을 색색으로 골랐는데, 어찌나 앙증스러운지 이 신을 신겨놓은 아기의 모습을 상상만 해도 절로 웃음이 나온다. 마침 딸아이 시어머님이 가신다기에 그 편에 전하기로 했다.

작은 발을 떠올리니 가슴이 뭉클해진다. 내가 큰 아이를 낳고 아기와 첫 대면을 했을 때, 살이 채 오르지 않은 여린 발가락을 만지작거리며 눈물을 흘리던 날이 떠올라서다.

큰 아이를 낳을 무렵 시어른께서는 은근히 손자를 기다리는 눈치였다. 산통이 시작되자 고통의 간격을 재면서 입원을 했기에 얼마 있지 않아 분만실로 들어갈 수 있었다. 첫 출산이어선지 간헐적으로 오는 통증이 오랜 시간이 계속 되었다. 얼마나 지났을까. 딸이라는 간호사의 말을 들으며 나는 깊은 곳으로 빠져 들어가는 듯했다.

정신이 들어 눈을 떠 보니 이미 병실로 옮겨져 있었고 잠시 후 간호사가 아기를 안고 들어왔다. 작은 입으로 젖을 빠느라 송골송골 땀이 맺힌 아기의 얼굴을 들여다보며 이 신기하고 놀라운 사건에 한없는 감사가 나오고 있었다. 고물고물한 손가락 발가락이 정확히 다섯 개, 유독 손 발 뿐만 아니라 인간의 탄생을 주관하시는 신이 얼마나 위대한 분인지를 실감했다. 손바닥으로 발을 감싸 쥐다가 아기의 발바닥이 파랗게 물들어 있는 것을 발견했다. 얼마나 놀랍고 황당한지….

아기의 기록을 위해 족문(足文)을 채취해 놓느라 그리되었다는 말을 듣고서야 안심이 되었지만 순간의 놀라움은 이루 말할 수 없었다. 아기의 발을 두 손으로 보듬어 쥐었다. 보송보송한 발의 따뜻한 체온이 전해지며 젖이 돌기 시작했다. 잠시나마 놀라고 염려했던 마음이 아기에게 전해지지는 않았겠지만 측은한 생각이 들어 울먹이고야 말았다.

딸아이가 자라는 동안 나는 늘 미안한 마음이었다. 아이의 작은 발이 커지고 한발 두발 걸음마를 하기 시작했다. 모양으로만 신겨주었던 신이 아니고 아장아장 걷기 시작하며 신겨준 작은 신발이 하나 둘 늘어갔다. 신이 바뀔 때마다 아이는 엄마의 손을 뿌리치기 시작했고 친구들 손을 잡고 싶어 했다. 차츰 그 발로 제 멋대로 어디든지 가고자 했고, 기어코 내 품을 떠나 바깥세상을 만나러 달려갔다.

이제 그 딸애가 조그만 발을 가진 제 아기를 키우느라 매일 기쁨에 젖고 놀라기도 하면서 때로는 아기의 변화에 감격의 눈물을 흘리는 어미가 되었다. 그 애는 내가 그랬던 것처럼 한 뼘도 안 되는 작은 발이 안겨주는 특별한 설렘을 느끼고 있을까. 예쁜 천으로 만든 작은 신이 왜 이렇듯 엄마의 가슴을 벅차게 하는지 알게 되었을까. 아직은 조그만 발에 내가 사서 보낸 신을 신겨주면서 그저 신기해하기만 할 딸애의 모습이 눈에 선하다.

아기의 작은 발이 가야 할 길은 멀고도 멀다. 얼마간은 그저 어미가 이끄는 대로 따라가다가 어느 날엔가 어미의 손에서 벗어나 스스로 제 길을 찾아 갈 것이다. 험한 길을 힘겹게 걷기도 하고 진창길에 빠지기도 하고 엉겅퀴가 뒤덮인 가시밭길을 헤쳐가야 할 때도 있으며 오르기 가파른 비탈길도 올라야 할 것이다. 그러다보면 발바닥엔 상처가 나고 부르터서 흠집이 생기기도 하리라. 그러나 힘들고 어려운 길을 가노라면 빛나는 자신의 미래가 기다리고 있음을 알게 될 것이다.

아기의 작은 발을 만지작거리며 귀여워 물고 빨 어미의 얼굴이 어른거린다. 병원에서 선물로 받았다는 발바닥 사진을 아기 침대 머리맡에 놓아두었다며 기쁨을 감추지 못하는 사위의 전화를 받으니 다시 가슴이 설렌다.

어미와 눈을 맞추고 뒤집기를 시작하며 어느 사이에 불쑥 커버릴지 모를 손녀의 작은 발을 생각하니 떠나간 내 아이들이 그리워져 눈시울을 적신다.

브람스를 좋아하세요?

　대학로에 있는 정미소극장엘 갔다. 20여 일 간의 공연이어선지 공연장에 관객이 많지는 않지만 오늘의 주인공을 보려고 온 진지한 분위기가 가득하다.

　이 소극장은 실험극장의 용도로 어느 연극인이 심혈을 기울여 만든 건물인데, 건축가의 자유분방한 미적 표현이 은은하고 소박함이 엿보여 초현대적 극장다운 정서가 풍긴다.

　연극의 주제는 오늘의 주인공 프랑수아 사강의 소설 ≪브람스를 좋아하세요≫를 새롭게 시도한 음악과 절묘한 조화를 이루는 이색적인 모노로그다. 브람스의 아름답고 촉촉한 음악과 영상이 함께 내레이션을 도와 가슴 뭉클한 저편의 기억들을 떠올리게 하며 가슴을 흔든다.

학생시절 클래식에 파묻혀 심취하던 때가 있었다. 종로 뒷골목에 있는 '르네상스'라는 클래식음악 감상실에 틀어박혀 신청곡을 여러 번 건네며 몇 시간씩을 보냈다. 그 곳에서 제일 먼저 만났던 음악이 베토벤 바이올린 곡이었는데 이 곡은 베토벤이 유일하게 남긴 단 하나의 바이올린 협주곡이다. 이 곡을 완벽하게 외우게 된 것은 수개월이 지나서였고 다음으로 만난 곡이 브람스 곡이다.

어느 날 우연히 브람스 첼로소나타를 들으며 그 곡에 매료되어 그 곡에 매달렸다. 그러면서 차츰 브람스의 가슴 아팠던 사랑과 그의 음악세계를 알아가기 시작했다. 감상실에 비치되어 있던 문헌을 빌려 밤늦도록 읽으며 눈물을 흘리고 설레기도 하면서 브람스에 빠져들었다.

브람스 가슴속엔 어느 날 운명 같은 감정이 싹트기 시작한다. 스승인 슈만의 부인 클라라를 사랑하게 된 브람스는 감정을 억누르고 자제하면서 고뇌와 번민에 시달리게 된다. 그의 음악에는 우수와 깊은 외로움이 묻어있다. 클라라를 연인으로 품고 그녀만을 사랑하면서도 홀로 애만 태워야 하는 그의 음악세계에는 가슴을 아리게 하는 애끓는 사랑의 비가 내리고 있다.

클라라를 향한 브람스의 독백을 읊어본다.

우정이라 하기에는 너무 오래고/ 사랑이라 하기에는 너무 이릅니다

당신을 사랑하지 않습니다/ 다만 좋아한다고 생각해 보았습니다
남남이란 단어가 맴돌곤 합니다/ 어처구니없이…
난 아직 당신을 사랑하고 있지만/ 당신을 좋아한다고는 하겠습니다
외롭기 때문에 사랑하는 것이 아닙니다/ 사랑하기 때문에 외로운 것
입니다
누구나 사랑할 때면 외로운 것입니다/ 당신은 아십니까/ 사랑할수록
더욱 외로워진다는 것을…

주인공은 멋들어진 정장을 걸치고 카리스마가 풍기는 표정과
목소리로 독백을 한다. 마치 사강처럼, 브람스처럼. 어둑한 무대
의 조명 아래 긴 그림자를 늘어뜨린 그녀는 16세기 그 시절의 클
라라가 되기도 하고 술과 담배와 무절제 속에서 두 사람의 삶을
비웃는 사강이 되기도 한다. 클라라를 연모하며 독신으로 살던
브람스의 '강철 같은 사랑', '브람스의 눈물', '나의 사랑은 녹색'
같은 우수에 깃든 선율을 타고 깊은 사유와 애정으로 표현한다.
가슴이 떨려오고 숨이 가쁜 순간이 몇 번이나 교차한다.
핏빛 같은 붉은 드레스의 그녀가 노래를 부르기 시작한다. 브람
스 교향곡 3번 3악장 멜로디를 프랑스 샹송가수 제인 버킨이 편곡
해 부른 '페드라의 노래'를 재해석하여 부른다. 심장이 펄펄 끓는
그녀의 감성에 급속으로 빨려 들어감을 멈출 수가 없다. 얼마 만

에 느껴보는 사랑과 행복감인가.

　나는 조용히 눈물을 삼킨다. 스승의 부인 클라라를 깊이 사랑하면서도 끝내 타인이라며 스스로에게 뇌던 브람스, 그의 음악 곳곳에 사랑에 목말라하는 절절한 사랑이 절정에 이른다.

　스포트라이트의 강렬한 빛이 서서히 어둠으로 깔리면 배우는 무대 위 날아다니던 영혼들과 혼연 일체의 장을 펼치고 나의 술렁임도 서서히 퇴장하고 있다.

　이 밤, 프랑수아 사강과 브람스, 클라라 슈만의 영혼을 불러내어 잠시 동안이나마 핑크빛 꽃잎에 내 마음을 실어 준 그녀에게 손바닥이 얼얼하도록 박수를 보냈다.

통곡(痛哭)의 변(辯)

─단풍

어느새 폭염이 물러갔나 싶더니 이곳저곳 오색 물감이 흩뿌려지고 있다. 창문을 활짝 열었다. 몇 달 전 산자락에 붉은 진흙 군(群)이 뭉글뭉글 몸을 접으며 침투해온 황당했던 기억을 떠올리며 뻘건 속살이 드러난 산허리를 더듬어 본다.

여기저기 살점이 떨어져 나간 보금자리에 지친 몸뚱이를 지탱하고 서 있는 나무들, 빈약하기 그지없는 육체를 버티면서도 등산객들을 받아 안는 산, 하늘은 이렇듯 냉정하게 순리를 내세워 아픈 흔적들을 서서히 씻어버리려는 걸까.

가엾은 산자락 야윈 나무들은 그래도 몸을 불태우며 피투성이의 가슴 아픈 사연을 이 가을 드러내고 있다. 신에 순명하듯 자연의 질서에 따라 어쩔 수 없는 마음으로 몸을 훨훨 태우고 있는 것 같다.

몸서리치도록 아팠던 기억을 서서히 잊어가는 사람들은 "아 단풍이 아름답구나!" 탄성을 토하며 살점이 뭉텅뭉텅 떨어져 나간 산자락을 밟고 올라선다.

─아카시

산이 좋아 산을 찾아 이사를 다녔다. 30여 년 전에는 아차산이 있는 광장동으로 옮겨갔다. 함박눈이 내리는 날 산을 찾으면 가히 절경이었다. 4월이면 워커힐 언덕에 벚꽃이 만개하여 황홀경에 빠지기도 했다. 차츰 아이들 공연이 잦아지게 되자 다시 찾은 곳이 예술의전당과 우면산이 펼쳐져 있는 방배동이다.

이른 새벽부터 산에 오르는 사람들로 북적이고 창문을 통해 날아드는 산 공기가 신선하다. 서초구 1등 도시라는 슬로건이 걸린 이곳은 자부심이 대단하고 푸름을 자랑하는 우면산 자락이 내 집 앞에 있으니 더 바랄 게 없다.

그런데 산이 파헤쳐지고 무너져 내렸다. 생명을 앗아가고 수많은 재산 피해를 불렀다. 이따금 조짐이 보였지만 그냥 흘렸던 인재다. 고통스러운 일을 당할 때는 누군가에게 그 책임을 미루는 잠재 속성으로 여러 탓들이 빈번하다.

이 산에는 유독 아카시가 울창하여 꽃이 필 즈음이면 향수를 쏟아놓은 듯 꽃향이 날아다닌다. 사람들은 찬사와 더불어 산을 사랑하노라고 만나러 간다. 그 옛날 아카시를 많이 심어 놓은건 아카시 뿌리는 거미줄처럼 엉켜 자라기에 산사태를 방지할 수 있기 때문이다. 그러나 그 끈질긴 뿌리의 강인성은 이웃하고 있는 다른 나무들의 성장을 방해하고 뿌리가 깊이 내리는 것을 방해한다고 한다.

유난히 아카시가 밀집해 있는 우면산 나무들은 영양실조에 걸린 듯 튼실하지 못하다. 밑동이 건강하고 뿌리를 깊숙이 내렸더라면 뿌리째 뽑혀 뒹굴지는 않았을 게 아닌가 싶다. 이러고 보면 아카시 꽃향기에 찬사를 보내는 것조차도 비루(悲淚)한 나무들에게 여간 죄스러운 게 아니다. "아카시 나무들도 산사태에 일조를 했다"고 원성의 소리가 떠다닌다.

─망각

이 가을, 사방 어디를 돌아봐도 현란한 수채화가 벽화로 걸려있다. 올 여름 수해와 산사태로 재산과 가족을 잃은 아픔과 고통에 면죄부라도 내밀 듯 온 산과 거리의 가로수마다 황홀한 단풍이 예년과 사뭇 다르게 강열하다. 지난여름 무섭던 흔적을 지우개로 지워버리고 사람들은 아름다운 단풍에 현혹되어 들로 산으로 나들이를 가느라 법석이다.

은행잎이 눈발처럼 쏟아진다. 보도가 노란 카펫으로 이 가을 정취를 한층 돋우는데 이렇듯 변화무쌍한 변화의 신비는 어디에서 비롯된 것일까. 신의 섭리라면 너무나 가혹하지 않을까. 온 세계가 계절 변화로 생명을 잃고 고통에 시달리지만 익숙해진 인간에게 망각이라는 편리한 속성이 있다는 게 허망하기만 하다.

지금 낙엽을 밟고 서서 악몽의 순간순간을 옛일로 흘려버린다. 대자연의 힘에 억눌려 어쩔 수 없이 어둡던 어느 여름 날 아픔을 잊어가는 것도 삶의 한 과정이라는 생각이 드는 것, 나 역시 망각의 노예가 돼가는 게 아닐까.

시 쓰는 대나무

　하늘을 찌를 듯 도도히 서 있는 대숲을 찾은 적이 있다. 담양호를 중심으로 추월산과 금성산성의 맥을 따라 펼쳐져 있는 대나무 숲을 바라만 봐도 선뜩 찬 기운이 몸에 와 닿는 듯하다. 어느 하나 휘거나 굽은 것 없이 장관을 이루고 있는 대나무들은 쉬쉬 서걱서걱 저들만의 비밀스런 이야기를 나누고 있다.

　서늘한 기운이 감도는 숲에 서서 영원한 세계를 바라며 서있는 듯한 나무를 한참 올려다본다. 쭉 뻗은 대숲을 이룬 흙길을 한없이 걷노라니 빳빳이 푸새한 모시두루마기를 단정히 입은 옛 선비를 만난 듯 숙연해진다. 올곧고 서릿발 같은 정신이 엿보이는 겉모습과는 달리 가슴속을 텅 비워 온갖 소리를 받아 안아주는 나무, 그 가슴에 받아들이는 게 어찌 소리뿐이겠는가. 아이들이 겪어내는 유년기 잔병치레를 치르듯 그렇게 대나무는 가슴을 열고 속병을 앓고 있는지도 모른다.

이곳 대나무골 테마공원은 대나무를 주제로 조경되었으며 봄이면 땅심을 뚫고 치솟는 죽순의 비경이 볼거리요 텃새들이 찾아와 알을 품는 서식지라고 한다. 청량한 대숲 바람 속에 죽림욕을 즐길 수 있는 대밭 샛길과 울창한 소나무 숲길이 있다. 바람이 한바탕 휘돌아 날아가면 비로소 나무는 슥슥 석석 속내를 열고 시를 쓰기 시작한다. 키만 기다란 몸에 여린 이파리들을 달고도 건장한 청년처럼 그렇게 대나무는 끝없이 뻗어가며.

가슴을 열어 보일까/ 보이는 것은 아무 것도 없네/ 메아리치는 아픔만 들릴 뿐/ 내 몸은 빈껍데기일지나/ 나를 사랑하는 파란 요정들이 있기에/ 나만의 고통을 노래하네./

가슴을 열어 보일까/ 내 속에는 아무 것도 없네./ 말없는 바람만이 지나갈 뿐 / 메아리로 돌아오는 아픔만이 남아/ 그래도 나는 시를 쓰련다./ 어린아이의 순전한 눈망울 같은/ 조약돌 틈새로 졸졸 흐르는 물소리 같은/ 그런 시를 쓰련다.

마음이 격양되어 시 한 수 흥얼거려 본다.

몸통을 비워놓은 대나무, 어지러운 세상을 등지고 있는 사내의

지조와 절개의 상징인 듯 고고한 품새에 어느새 옷깃을 여미게 되는데, '대쪽 같은 사람'이라는 말은 부정과는 일체 타협하지 않고 지조를 굳게 지키는 청빈낙도를 기리는 호칭이지만 어찌 대나무의 순백 순수성에 비하겠는가.

깊은 땅 속 대줄기에서 자라나는 어린 죽순은 마치 피침모양으로 뾰족하고 신비스런 결들로 겹겹이 쌓여있다. 땅줄기에서 연한 순으로 잉태하여 신비의 겉껍질을 벗기며 한 그루의 튼실한 나무로 성장하는 나무, 온유한 숨결을 불어넣어 자신만의 소리를 창출하는 대금, 그만의 아픔까지도 시로써 읊어 아무도 범접할 수 없는 가슴에 긴 세월의 가락을 차곡차곡 채운다. 대나무는 그 몸 어느 곳 하나 버릴 것이 없는 소중한 지체다.

한참을 가니 어른 팔뚝만한 대나무들이 치솟아 숲을 이룬 곳이 나온다. 이 곳에서 드라마 〈여름향기〉와 영화 〈청풍명월〉을 찍었다는 게시판이 서 있다. 근래에는 영화촬영지가 여행지 선택의 우선순위 관광지로 각광을 받고 있는데, 자연세계가 훼손되는 일이 허다하다니 이 또한 안타까운 일이 아닐 수 없다.

우스스스 바람이 대나무자락을 스치며 지나간다. 파르르 떨며 인사하는 작은 댓잎들이 정겹다. 곧잘 대나무의 기품과 소박함을 지나치게 우직한 사내와 비유하곤 하지만, 죽순을 대하면서 그 올곧기만 한 대나무에게 이렇듯 부드러운 면모가 내재되어 있음이 놀랍기만 하다.

   이따금씩 대숲을 찾으면서 한바탕 내면의 앙금을 씻어내고 싶다. 대나무 몸통처럼 모든 것을 내려놓고 살아가는 삶이라면 고뇌와 번민 따위가 찾아들 수 있겠는가.

제부의 꽃바구니

제부의 편지를 받았다. 며칠 전 그를 만나보기 위해 두 동생과 발걸음을 한 후 돌아오는 마음이 흐뭇했던 기억을 떠올린다. 염려했던 제부의 건강한 모습을 대하며 나는 한시름 마음이 놓였다. 원예반에서 꽃을 가꾸며 꽃과 나누는 많은 이야기들이 얼굴에 가득해 보인다. 함께 기거하는 동료들을 위해서 기도하고 헌신하는 마음이 꽃들에게 전달되어선가, 한 밤 자고나니 호접란이 방긋 피어있더라고 제부는 활짝 웃으며 여간 기뻐하는 게 아니다.

사람도 꽃으로 보임을 체험했습니다…. 밤에 누웠는데도 낮의 세 분 모습이 자꾸만 떠오르더군요. 아내와 처형 처제, 세 사람의 모습이 꽃송이처럼 연상이 되었어요. 교도소라는 장소의 한계성도 잊은

채 구름 위 맑디맑은 곳에 찻상을 차려 놓고 담소를 하다가 꽃들이 되어버린 꽃들 말입니다.(중략)

세 사람 중 처형은 장미, 처제는 무궁화, 아내는 호접란으로 명명을 했습니다. 정해놓고 나니 이 세 꽃의 조화가 어찌 그리 아름다운지요…. 꽃바구니를 만들어 봅니다. 가운데는 진홍의 무궁화(hibiscus), 오른쪽에는 붉은 장미, 왼쪽에는 호접란을 꽂아 봅니다. 아름다운 세 여인의 모습입니다.(중략)

제부의 편지는 감성이 철철 넘치는 문학작품을 읽는 듯 했다. 읽은 후에 한동안 지워지지 않고 길게 여운이 남는다. 사업가가 되지 않았더라면 아마도 문장가가 되었으리라.

나는 제부의 싱그러운 꽃바구니를 눈물겹게 받아 안았다. 그 바구니 안에 있는 꽃들은 두 동생의 아름다운 마음을 옮겨 담아 놓았고 또한 제부의 뜨거운 사랑을 정성스레 꽂아 보내온 것이다. 제부는 훌륭한 정원사이다. 만물을 창조하신 신의 정원사로서의 자격도 있는 분이다. 밖을 향한 그리움과 속성을 배제한 담담한 가슴으로 하루를 꽃과 함께 지내면서 꽃들에게 속삭인다고 한다. "지금의 내 상황을 만들어 주신 신께 감사한다"고.

꽃바구니를 받는 순간마다 나는 제부의 또 다른 면을 발견하는 기쁨을 누린다. 인간과 인간의 깊은 관계를 생각하게 하는 그의 꽃바구니는 내 자신을 한 번 더 성찰할 수 있는 계기가 된다. 감추어진 인간의 저 깊고 깊은 내면까지 투명하게 들여다 보게 하는 제부의 순수한 마음이 한아름 담겨 있어서이다.

　가끔 길을 가다가 안이 들여다 보이지 않는 호송차를 만날 때가 있다. 눈시울이 뜨거워지며 가슴이 뻐근해 온다. 저 버스 안에 있는 사람들, 그들은 안에서 밖의 세상을 내다보며 무슨 생각을 하고 있을까. 어떤 일로든 자의건 타의건 제한구역에서 생활하려면 얼마나 깊은 인내와 씨름해야함을 알기에 더욱 안쓰러움을 금할 수 없다. 제부를 만나고 온 후에는 그들을 바라보는 마음이 예사롭지 않다.

　밖에서 생각하는 안의 사람들, 그들을 그저 무심히 바라보기만 해서는 진정한 이해를 할 수가 없다. 죄와 벌의 교훈 가운데 생활하는 이들로만 볼 것인가. 그러나 그들의 마음은 뜨겁고 미래의 희망을 바라볼 것이다. 고통과 좌절을 겪었으며 진한 그리움과 사랑을 원한다. 밖의 사람들보다 한층 더 갈구함이 크다. 좀 더 나은 삶을 위해서 남은 기간을 재충전하는 이들도 있을 것이다. 미처 상상할 수 없는 세계가 열리고 있는 줄을 밖의 사람들이 어찌 알겠는가.

　제부는 늘 우리를 위로시키느라 애쓰는 마음이 역력하다. 나와 두 동생은 그런 그 앞에서 부끄러운 마음을 감춘다. 짧은 시간

안에 많은 소식을 전해야 하는 제부는 떠나려는 버스를 손짓하는 마음으로 우리 앞에 서 있다.

호접란과 무궁화를 감싸고 있는 붉은 장미, 제부가 정성스레 만든 꽃바구니를 받아 안으니 가슴이 뭉클해진다. 제부가 지어 준 이름대로 우리 세 사람은 건강하고 아름다운 꽃바구니 속 꽃들로 살아가려 한다. 복잡한 세상 가운데에 서로 의지하며 사랑하는 모습으로.

이제 일급 정원사가 가꾸는 대로 꽃은 싱그럽게 피어 저 안의 사람들에게 희망의 향기를 뿜어 줄 것으로 믿는다.

웃음 뒤에 숨은 눈물

힐튼호텔 뷔페 장은 만석이었다. 저마다 부모님을 대동한 자손들의 모습들로 북적인다. 조찬에 이어 브런치라는 브랜드로 서구의 식문화를 수입한 이벤트가 성시를 이루고 있다.

아이들과 자리를 잡고 앉았다. 아침 겸 점심식사를 하는 여유와 어버이날의 의미가 담긴 자리를 마련한 사위가 대견스럽다. 분위기가 좋고 음식도 다채로워 흥겨운 시간을 만끽하도록 호텔 뷔페 장에는 화기가 가득하다. 저마다 평소 부모님께 다하지 못한 회심의 마음을 최대한 전달하고자 애씀이 역력하다. 이곳저곳에서 왁자한 웃음이 천장으로 날아다닌다.

순간 콧날이 시큰해진다. 바쁜 현대사회에서 저희들 생활에도 동분서주 힘이 들고, 부모 역할하랴 어깨가 무겁고 힘겨울 텐데 우리에게 신경을 써 주는 마음이 고맙다.

아이들이 안겨주던 환희와 꿈같은 세월은 눈 깜짝할 사이 사라지고 성인이 된 아이들은 저마다 자신의 삶을 가꾸며 제 아이들의 부모가 되어 옛 우리의 모습으로 닮아가고 있다. 계절의 꽃과 나무들, 그 모양새가 각각이듯 아이들 삶의 그릇도 여러 모양인 것을 바라보며 우리 내외를 위해 애쓰는 사위에게 연민이 앞선다.

교회에서 독거노인이 거처하는 곳을 찾은 적이 있다. 과연 우리 네가 방문하여 그분들에게 무슨 도움이 될까 싶었다. 한순간 찾아가 위로하고 격려한들 그분들의 고적함과 삶에 희망을 되찾게 할 수 있을까.

노인들은 함박웃음으로 우리를 맞이했다. 이곳을 찾아주는 이가 많지 않은 듯 여간 반기는 게 아니었다. 저마다 바쁜 생활을 보내며 타인의 마음을 보듬어주기가 힘든 세태에 자식인들 나무랄 수가 있을까. 예전에 나는 부모님들이 외로우실 거라는 생각을 하지 못했다. 그저 받는 기쁨에만 매달려 나 스스로만 챙기기에 바빴던 것 같다.

점점 자기주장이 강해지는 자식들을 보며 기쁨보다 눈물 흘리시는 날들이 더 많았을 부모님. 자신들의 실수는 덮어주기를 바라면서 그분들의 작은 실수는 용납하지 못하는 자녀들 때문에 마음으로부터 시리고 외로운 날들이 많으셨을 부모님 생각에 어깨가 들썩여진다.

　모두 이런 마음일까. 우리 일행들은 눈시울을 붉히고 돌아섰다. 그분들도 자녀들이 있을 것인데 어찌 이런 곳에서 독거하고 계실까. 옛 고려장 생각이 떠올라 가슴이 메어왔다. 그 시절엔 식솔들에게 먹일 것이 없어서라지만, 현대에서 일어나는 부모 박대는 어디에서 기인된 것일까. 깊은 주름 속에 외로움과 서글픔을 감추고 환하게 웃어주는 어르신네들의 눈물을 가슴으로 받아 안았다.

　부모님이 웃는 모습을 보면서 자녀들은 마음을 놓는다. 그 웃음 뒤에 숨은 눈물은 보지 못하는 자녀들. 이따금 지하철이나 버스 속에서 어르신네들을 만날 때마다 얼굴에서 고뇌의 터널을 지나온 세월의 이야기를 듣는다. 깊이 패인 주름, 생기가 가신 눈동자, 허물어진 볼에서 세월의 덧없음이 보인다. 저분의 자녀는 어떤 사람일까, 무엇을 하는 사람일까, 노구를 이끌고 다니는 부모의 모습을 나 또한 한번쯤 생각해 본 적이 있는가.

　언젠가는 우리도 쇠잔해질 것이다. 언젠가는 자신의 부모처럼 그런 모습이 될 것이다. 웃음 뒤에 숨어있는 눈물, 그 눈물을 먹고 지금의 이 자리에 서 있음을 잊지 말아야 한다.

　사위가 내 손을 잡는다. "저쪽에 어머님 좋아하시는 게가 있어요." 사위와 손을 잡고 게를 잡으러 간다.

걸어 온 운동화

병실로 들어선 아우의 얼굴이 환하다. 순간이지만 그녀의 발끝으로 시선이 갔다. 발이 편안해 보이는 두루뭉술한 운동화가 내게로 걸어온다.

남편이 입원중이라는 전갈을 받고 아우 내외가 병실을 찾아왔다. 제부는 언제나 보아도 온유하고 다정하다. 아내가 편치 않은 몸인데도 동서가 입원했다고 먼 길을 왔다. 더 반가운 것은 운동화가 나를 찾아온 것이다.

아우의 방에는 언제나 운동화가 여러 켤레 놓여 있었다. 동생이 건강이 좋아져서 신어주기를 기다리며 운동화들은 차례를 기다리고 있다. 계절이 바뀔 때마다, 단풍이 찬란한 가을에도, 나뭇잎을 휘몰아가는 초겨울 바람소리에도 가슴을 태우며 창밖을 그리워하던 동생이 차츰 문밖 출입을 하게 된 것은 얼마 전부터다.

운동화를 신고 숨이 가쁘지 않게 아파트를 나와 앞산 오솔길로 들어서면 새들이 지저귀는 소리가 들리고 바람에 흔들리는 나뭇잎 소리와 운동화가 밟아주는 투박한 흙바닥 소리마저 새로웠다. 아우는 가슴이 뜨거워지고 감격의 눈물을 삼키며 신께 감사한다고 했다.

오랫동안 서랍장 위에서 주인이 신어주기를 기다리던 운동화가 흙을 밟고 나에게 왔다. 운동화가 뿌듯한 보람을 느끼고 있는 듯 착각에 빠져본다. 제부가 먼저 간 뒤에도 아우는 장시간 동안 병실에 머물렀다. 그만큼 몸 상태가 호전이 된 것 같다. 운동화는 오늘이야말로 자신의 할 일을 다하고 있는 것처럼 보인다. 작은 몸짓이지만 나름대로 최선을 다해 주인을 도와주며 기뻐하는 모습이다.

오랫동안 아우 못지않게 나도 운동화들의 태동을 기다려왔다. 운동화를 신은 아우가 숨을 헐떡이고 땀을 흘리며 걷는 모습을 보고 싶었다. 파란 선을 두른 하얀 운동화를 신고 아파트단지를 몇 바퀴씩 도는 그녀를 상상해 보았다. 회색 운동화도, 청색 운동화도 한 번씩 신어주어 운동화들을 기쁘게 해주는 동생이기를 바랐다. 그러나 운동화는 그 자리에 그대로 한 번도 흙이 묻지 않은 채 기다리기만 했다. 장 위에서 그냥 기다리기만 했다. 이따금 동생은 운동화의 바람도 아랑곳하지 않고 친구에게 신으라며 주기도 했다. 운동화는 떠나가면서 눈물을 흘렸을지도 모른다. 그럴 때면 어김없이 제부는 다른 운동화를 사 들고 와 그 자리에 올려놓았다.

병실을 딸아이에게 부탁하고 아우와 손을 잡고 병원 공원을 거닐었다. 이곳저곳에 환자복을 입은 사람들이 링거를 꽂은 채 걷고 있다. 싱그러운 나무와 풀꽃들은 심어진 그 자리에서 건강하게 잘 자라 큰 나무가 되고 꽃을 피우고 변화 없는 날들을 맞으며 평화스럽다. 아우는 감회가 깊은 표정으로 환자들과 주위를 돌아본다. 언제나 병원과 친근한 그녀는 지금 이 시간의 느낌을 감동으로 받아 안는 것 같다.

다시 아우의 두 발을 바라본다. 우직스럽고 순하게 생긴 운동화의 뭉툭한 코부리가 귀엽다. 운동화는 오늘이야말로 주인에게 일조를 하며 당당하게 자신을 자랑스럽게 여길 게 틀림이 없다. 오랜 기다림 끝에 느끼는 기쁨. 운동화를 바라보던 제부와 주위 식구들의 인내가 오늘을 맞게 된 것이다.

병원 문을 나서는 아우의 발걸음이 활기차다. 나는 그녀의 뒷모습을 한참이나 바라보며 눈을 적신다. 운동화 뒤축을 향해 고마운 인사를 했다. 듣지 못할지라도 그렇게 해야 할 것 같아서.

3

가족사
진

가족사진

거실 한쪽 벽에 큼직한 가족사진 액자가 걸려 있다. 이 사진은 큰딸의 약혼식이 있던 날 기념 삼아 찍은 것인데, 사진 속의 얼굴들이 모두 활짝 웃으며 멋지게 어우러진 모습은 마치 한 폭의 그림과도 같다. 그런데 어느 날 문득 그 사진 속에 친정아버지가 계시지 않은 게 눈에 들어왔다. 늘 예사로이 보며 지나쳤던 사진에서 뒤늦게야 아버지 부재를 보게 되었으니 나의 무심함이 그대로 드러나 죄스럽고 가슴이 아프다.

혼자되신 아버지를 모신 지 어느 사이 이십여 년이다. 나한테 오셔서 두 번의 가족사진을 찍을 때 여섯이나 되는 아이들은 하나라도 빠질세라 세심하게 챙겼으면서도 누구 하나 아버지를 생각지 못했던 것이다. 그러면서도 아버지께 미안하거나 죄송스런 마음조차 갖지 않았었다.

사진 속에 번번이 아버지의 자리가 없었던 것은 내 마음속에 아버지가 마치 손님처럼 자리를 잡고 있었기 때문일까. 친정아버지를 우리 가족의 한 구성원으로 생각하지 못한 것은 어디에 기인된 것일까. 가족사진을 보고 있자니 그동안 아버지께서 느끼셨을 감정을 생각하니 울컥 눈물이 솟구쳤다. 이따금 거실에 나와 앉아 계실 때면 분명 사진을 바라보셨을 텐데, 그때마다 아버지는 무슨 생각을 하셨을까.

6·25전쟁이 일어났을 때 아버지는 제일 먼저 안방 문설주에 나란히 걸어 놓은 사진틀을 모두 내려 놓으셨다. 방을 드나들 때마다 고개를 쳐들고 발뒤꿈치를 높이 들어야만 간신히 보이던 사진틀을 죄다 떼어서 내려놓으니 제일 신이 난 사람은 바로 나였다. 늘 자세히 보고 싶었던 친척들과 우리 식구의 사진들이 촘촘히 붙어 있는 것을 가깝게 볼 수 있다는 게 무척이나 좋았다. 거기에는 카이저수염을 길러 근엄해 보이는 증조할아버지와 가르마가 반듯한 증조할머니 그리고 외가댁 어른들의 모습이 있었다. 백일과 돌에 찍은 나의 아기 때 모습도 들어있었다.

아버지는 사진을 한 장씩 떼어 창호지에 싸서 이불 갈피에 넣으셨다. 그러고는 대청에 걸려있는 태극기도 내렸다. 평소 아버지가 훌륭한 분이라고 생각하게 된 것은, 친구들 집에 놀러 가보아도 태극기를 걸어놓은 것을 보지 못했기 때문이다.

그러나 우리는 짐만 싸놓은 채 피란을 가지 못했다. 한강다리가 끊어지고 마침내 인민군이 동네까지 들어와 죄 없는 사람들을 못 살게 굴기 시작했다. 내무서원이 집에 들이닥쳐 싸놓은 짐들을 모두 풀어헤치고 군화를 신은 채 이 방 저 방으로 다니다가 이불갈피에 넣어 둔 태극기를 찾아냈다.

태극기를 지니고 있었다는 죄목으로 아버지는 그들에게 끌려가셨다. 서슬 퍼런 내무서원이 아버지를 따라간다고 나서는 나에게 사정없이 총부리로 어깨를 내리쳤다. 순간 숨이 막힐 정도로 심한 통증이 왔으나 그것보다는 그들의 구둣발에 짓이겨진 사진에 신경이 더 쓰였다. 구겨진 사진을 한 장 한 장 펴 아버지가 하셨듯이 창호지에 조심스레 쌌다. 그들은 계속해서 아버지의 책이며 가재도구에 성냥을 그어대고 내가 들고 있는 사진도 빼앗아 불속에 던져 버렸다. 전쟁의 비극임을 알 리가 없는 어린 가슴에 시퍼렇게 멍이 들고 말았다.

전쟁이 끝나고 성한 살림살이들은 다 제자리에 놓여졌다. 안방과 대청에 걸려있던 사진들이 내게 주었던 기억은 정겹고 푸근한 것이었는데, 사진 속에서 만났던 일가친척들을 다시는 볼 수가 없게 되었다.

집안 대소사가 있을 때면 친척들이 모두 모였다. 일 년에 서너

번밖에 만나지 못해서인지 부모님은 무척 반가워하셨다. 여러 집안 식구들이 모여 방마다 가득했고 아이들은 제철을 만난 매미들처럼 시끄럽고 왁자지껄 했다.

집안의 종손인 아버지는 이런 날이 제일 좋은 모양이었다. 자식이라고는 딸 하나만을 두어 늘 호젓하게 지내시다가 모처럼 사람들이 북적거리면 사람 사는 집 같다면서 흥분하시곤 했다. 집안 행사가 다 끝나 친척들이 떠나기 전날이면 으레 한자리에 모여 사진을 찍었다. 세 발을 버텨놓고 검은 보자기를 뒤집어씌워 놓은 사진기 앞에서 촬영을 했다. 그리고 그 정다운 얼굴들은 다시 만날 때까지 사진틀 속에서 우리와 함께 한 가족이 되어 지냈다. 이렇듯 먼 친척간의 우애까지 소중히 생각하셨던 아버지를 내 옆에 모시면서도 그 뜻을 헤아리기는커녕 가족의 일원이라는 마음마저 빼앗아버린 딸이었으니 내색은 하시지 않았으나 얼마나 섭섭하셨을지 가늠이 된다.

며칠 전 우연히 어느 사진관 앞을 지나다가 윈도우에 놓여있는 가족사진을 보게 되었다. 노부모님을 가운데 모시고 감싸듯이 서 있는 자손들의 모습은 참으로 화목하고 평화로워 보였다. 표정마다 풍기는 따뜻함이 내게도 전해지는 듯 했다. 순간 내 거실에 큼직하게 걸려있는 사진과 비교가 되어 얼굴이 화끈거리고 면괴스러워 그 사진 앞에 더 머물 수가 없었다.

앞으로 몇 번이나 더 가족사진을 찍게 되는지 알 수 없으나 또 그때까지 아버지가 기다려 주신다면 다시는 이런 실수를 하지 않으려고 한다. 그래야만 비로소 완벽한 가족사진이 될 수 있기 때문이다.

갈 곳이 있는 걸음

이른 시간에 지하철을 탔다. 밀리고 밀치며 겨우 올라타기는 했으나 더 이상 움직일 수가 없을 정도로 만원이었다. 사람들 틈에 끼어 가까스로 역에 내리니 이곳은 마치 광활한 사람바다를 이루고 있는 것 같았다. 밀려가고 오는 인파에 실려 나도 그저 선 채로 떠밀려 가야만 했다.

이 많은 사람들이 이렇게 바삐 움직이며 어디를 가는 것일까. 아침 출근시간이니 직장으로 가는 사람, 생업을 위해 일터로, 학교로 향하는 학생들도 있을 것이다. 그들의 발자국 소리는 마치 군대 행렬처럼 박자와 리듬이 맞게 목적지를 향해 울린다. 활기차고 힘이 있는가 하면 지척대는 걸음걸이도 있다. 아침부터 힘없이 내딛는 발걸음은 무슨 까닭이 있는 걸까. 종종걸음을 치는 이도 있고 뛰는 이도 있다. 누구 한 사람 이야기를 나누거나 여유로운 이가 없이 그저 묵묵히 자신이 가야 할 곳을 향해 발걸음만 재촉한다.

그들과 함께 바쁘게 걷는다. 이따금씩 뛰기도 한다. 순간 피식 웃음을 흘린다. 잠시 다른 생각에 잠겼다가는 무리들에게 밀려 자칫 작은 사고를 당할 수도 있기 때문에 그저 웃고 있을 수만은 없다. 나도 그들과 함께 속도를 맞춰 걸음을 옮기면서 동조해야 한다. 이것이 곧 군중과의 조화다.

내가 어렸을 때 엄마한테 심하게 꾸중을 들은 적이 있었다. 무엇 때문인지는 확실히 기억은 없으나 어찌 섭섭하고 원망스럽던지 무작정 집에서 뛰쳐나왔다. 갈 데가 있을 리 없는 나는 도림동 둑으로 올라갔다. 해는 뉘엿뉘엿 지고 있었다.

한참을 걷다보니 이미 땅거미가 내려 어둑해졌다. 참고 있던 서러움이 터지고 별안간 무서워지기 시작했다. 작은 가슴에 오기를 품고 집을 나와 방향과 목적도 없이, 전혀 알 수 없는 생소한 길을 가고 있었기에 두려움은 더욱 컸다. 할 수 없이 되돌아오던 길로 다시 걸었다. 그날따라 날씨가 무척 추워 찬바람에 뺨이 얼어붙는 듯했다. 작은 발로 둑길을 뛰기 시작하였다. 이제는 방향을 정하고 가족이 기다리는 집을 향해 달리기에 두려움도 슬픔도 씻은 듯이 사라졌다. 저만치 엄마가 환하게 웃으시며 두 팔을 벌리고 서 계셨다.

가끔은 목적 없이 어디론가 가고 싶을 때가 있다. 마음이 울적하거나 괴로운 일을 당할 때는 훌쩍 떠나고 싶은 충동이 인다. 누구나 한번쯤 이런 생각을 하면서 잠시 잠깐은 신선하고 새로운 기분에 젖어볼 수 있으나 시간이 지날수록 허전한 마음에서 헤어나기가 어렵다. 낯선 곳에서 목적도 없고 방향도 없는 방황이 얼마큼 지속될 수 있을까.

갈 곳이 있다는 것은 삶의 활력을 부어주는 것이다. 갈 곳 없이 거리를 헤매는 일이 얼마나 힘들고 고독한가를 터득한 어린 시절을 지금도 잊지 못한다. 무엇이든 할 일이 있으며 가야 할 이유가 있고, 자신을 기다리는 일과 돌아갈 곳이 주어진 것은 크나큰 축복이 아닐 수 없다.

사람들과 어깨를 부딪치면서 열차를 갈아타는 곳까지 왔다. 전쟁터를 지나온 느낌이다. 온 몸이 조금씩 쑤셔 피곤하지만 그래도 마음은 상쾌하다. 자신감 있는 발자국소리와 자신들의 삶을 가꾸기 위해 바쁘게 걷는 걸음들을 만났기에.

갈 곳이 있는 걸음에는 희망이 얹혀 있다. 피곤할지라도 쉴 곳이 있고 혼을 바쳐 일할 수 있는 곳이 있기에 걸음은 당당하고 힘이 넘친다. 밝은 내일이 기다리고 있기 때문이다.

한 획을 그으며

손톱을 날카롭게 세우던 혹한이 서서히 물러가려는지 오늘 아침은 유리 창밖 물방울이 구슬되어 줄줄이 굴러 내린다. 2월이라지만 아직은 끝자락 겨울 냄새가 가시지 않는 걸 보면 봄은 어딘가에 숨어 있나보다.

거실 문을 연다. 겨우내 한 번도 집안으로 옮겨주지 못한 난들이 용케도 얼지 않고 버텨주어 고맙고 대견하다. 그중 두 분의 난이 수줍은 아낙처럼 여린 꽃대를 올려주었다. 햇볕은 여리나 내공을 쌓은 겨울 속, 그 안에 조용히 흐르는 봄기운이 서서히 잦아든다.

우리 집 뒷 발코니 창에는 언제나 사계절이 지나간다. 오후가 되면 핏빛을 토해내는 석양이 창틀에 얹혀 그 빛을 처연하게 뿜어내는데, 계절마다 감동이 다른 한 폭 수채화가 걸린다. 겨울의 잔영이 희미해진 나른한 봄, 내 창에는 유년 뒷동산에서 만났던 아지랑이와 달래·냉이·씀바귀의 아련한 추억들이 머물고.

몇 년 전 타계하신 아버지는 유난히 봄을 좋아하시며 늘 기다리셨다. 수십 년 가꾸시던 은행나무 분재 두 그루를 어루만지시고 미처 겨울이 가기 전부터 뾰족이 올라오는 여린 새순을 감격으로 맞이하시곤 했다. 어느 초봄, 순이 나올 때가 지났는데도 은행나무는 아무런 기척 없이 바짝 마른 몰골로 아버지를 슬프게 했다. 영양제를 뿌려주고 정성을 기울였으나 나무는 아무 변화도 일어나지 않았고 봄이 이울어 5월이 되었는데도 숨도 쉬지 않는 듯 보였다. 아버지께서는 입맛도 잃으시고 나무에만 신경을 쓰시며 나날을 보내셨다.

옆에서 그 모습을 바라보며 나 역시 애가 탔다. 오로지 자녀라곤 나 하나만을 두신 아버지가 그 나무에 애착을 가지는 마음을 알기에 안쓰럽기까지 했다. 그러던 어느 날 난을 살피다가 깜짝 놀랐다. 거칠한 마른 가지마다 연록색의 작은 순이 빠끔히 얼굴을 내밀고 있는 게 아닌가. 탄성을 지르며 "아버지 나왔어요, 나왔어." 의아해 하시는 아버지를 붙잡고 베란다로 나갔다. "어이구 이놈들아 왔구나!" 아버지 눈에 눈물이 고였다. 그렇게 봄은 환희를 동반하고 찾아왔다.

모든 생명을 깨우고 설레는 새날을 약속하는 계절. 음울한 외투를 벗고 내밀한 소리와 함께 구수한 땅 냄새가 온 대지에 퍼지기 시작하면 퇴색한 나무엔 새 우주가 열린다. 살얼음 덮인 개울에 살짝 물길을 열어주고 나비처럼 산사 버들가지, 소나무, 잣나무가 꽃가마 타고 새색시마냥 사뿐사뿐 찾아오는 봄의 전령.

어느 해 성급한 봄 마중을 나간 적이 있다. 겨우내 껴입었던 내의를 벗어버리고 실크 블라우스에 재킷만 걸치고 한껏 멋을 부렸던 2월 끝날, 뼛속까지 스며든 바람으로 며칠 동안 몸살을 앓았던 기억을 되새겨본다. 정녕 봄은 왔는데 봄은 아닌 듯 매서운 칼바람이 숨어있는 것은 떠나기 싫은 늦겨울의 훼방꾼이 남아 있어설까.

지금 내 창엔 이른 봄 잔설이 뿌린다. 떠나가는 겨울에 작별을 고하고 새날을 기리듯 거리 젊은이들의 발소리가 경쾌하다.

겨울의 한 자락을 살며시 놓고 봉긋 버들개지를 열어 꿈과 희망을 품어 안는 봄. 이 계절에 나도 다시 한 번 거대한 꿈의 한 획을 그어본다.

M카페에서

메트 오페라 강의를 듣는 날이다. 조금 이르게 도착하여 1층 카페 M에 앉았다. 마침 스크린에서는 아르헤리치의 연주실황으로 베토벤 피아노협주곡이 연주되고 있다.

이 카페에서는 2시까지 공연 실황을 올려주고 있는데 이곳을 찾는 몇몇 그룹의 손님들이 음악카페의 특성과 분위기를 즐겨 모이는 것 같지는 않아 보인다. 영상은 아름다운 음역을 넘나드는데 여인들은 점점 목소리가 높아지면서 주변에 있는 사람들조차 음악을 즐길 수가 없을 정도다.

우아한 잔에 넘칠 듯 출렁이며 녹차라테가 놓여졌다. 파스텔 톤의 그린 컬러에 밀크가 조화된 찻잔 속 예술에 감동이 인다. 입술에 닿는 라테의 부드럽고 따뜻한 감촉이 입안으로 서서히 퍼지며 순간 형언할 수 없는 행복감이 온몸으로 퍼진다. 건반의 율동과 조합이 된 듯한 이 분위기를 좀 더 오래 지속할 수 있다면, 눈을 지그시 감고 피아노 선율에 나를 실어본다.

문득 먼 옛날 여고시절 단발머리 팔랑이며 찾았던 클래식 음악 감상실 '르네상스'를 떠올린다. 어둑한 실내는 서늘한 냉기가 감돌고 알전등의 적막이 여기저기 흔들거렸다. 그러나 향긋한 홍차 한 잔에 행복하고 누군가 신청한 첼로의 부드러운 음색이 훈훈하게 가슴을 적셔주면 온 몸은 곧 따뜻해지곤 했었다.

누군가 신청한 첼로 음이 장내에 잔잔히 울렸다. 하이든의 첼로 협주곡 2번은 하이든이 많은 작품을 남긴 것 중 마니아들이 가장 선호하는 협주곡이다. 하이든은 100곡이 넘는 교향곡과 수십여곡의 현악사중주와 오페라 오라토리오 등 많은 곡을 작곡했다. 방과 후면 달려갔던 종로 뒷골목에 '르네상스'라는 음악감상실에 소장되어 있는 음악역사 서적에서 여러 작곡가들의 생애를 읽으면서 얼마나 감동을 했던지. 어쩌다 훈육주임에게 들키면 다음 날 하교 시 교무실 벽을 바라보고 서 있어야 하는 체벌을 받았다. 지난세월을 훌쩍 보내고 나서 이 시간 나는 또 다시 클래식에 매료되어 이곳저곳 멜로디의 흐름을 찾아 헤맨다.

재즈나 세미클래식, 가요나 팝, 국악과 영화 음악 등 어느 장르의 음악이든 가리지 않고 좇던 20대의 내가 지금 이 카페에 앉아 가슴 설레며 베토벤의 음악에 취해 있는 것은 그리 이상할 것도 없고 특별한 일도 아니다. 낭만의 끝자락을 붙잡고 좀 더 많은 음악을 접해보고자 안간힘을 쓰는 게 아닐까 싶기도 하지만 그래도 아직은 내 영혼을 어느 한 곳에 불태우고 싶은 욕구가 남아 있음에 스스로 만족한다.

다시 여인들의 소음에 머리가 띵해진다. 점심모임으로 와 있는 손님들이 저마다 목청을 돋우며 질세라 떠들어댄다. 잠시 동안의 행복이 부서지는 느낌이다. 나의 이런 생각이 또 다른 편협함일까.

잠시 스위스에 있는 둘째를 생각한다. 학교의 기관장을 맡아 바쁘고 시간을 쪼개면서도 여전히 매일 다섯 시간의 피아노 연습을 한다는 아이를 생각하며 건반 위에 춤추는 열 손가락에 마음을 싣는다. 여인들의 높은 소음과 피아노의 음률이 불협화음을 일으키는 아쉬운 시간만이 흐른다.

그러나 나 또한 그들에게는 마땅치 않은 존재일지도 모를 일이다.

호적을 파간 아이

딸아이가 떠날 준비로 동분서주하는 모습을 바라보며 아이에게 집착하고 있는 내 자신을 발견한다. 그 마음이 깊으면 깊을수록 스스로에게 깊은 상처를 입힐 거라는 것을 알면서도 좀처럼 헤어날 수가 없다. 결혼식이 끝난 후 캐나다로 떠나야하는 아이 옆에 이젠 내 대신 키가 훌쩍 큰 사위가 버티고 있다. 아침부터 서둘러 구청엘 가야 한다며 집을 나선다. 빨리 서류를 떼어 대사관에 결혼신고를 해야 한다는 생각뿐인 듯 했다.

아무렇지도 않은 얼굴로 호적을 떼러 가는 아이, 29년간이지만 아이와 함께 지낸 것은 불과 16년에 불과하다. 여고에 입학하고 바로 유학길에 올랐으니 아이와 더불어 기쁘고 환희에 젖어 살아온 세월은 너무나 짧은 기간이었다.

아기 적부터 아이는 순둥이였다. 커가면서 아이는 위 언니와 쌍둥이처럼 붙어 다니며 잘 놀고 특별히 정다웠다. 언니가 하는 바이올린을 3년간 공부했으나 그 악기는 넷째에게는 맞지 않은 것 같았다. 5학년 겨울방학이 끝나갈 무렵 아이가 종이 한 장을 들고 내게로 왔다. 그 종이에는 '각서'라 씌어있고 왜 첼로를 전공해야만 하는지를 구체적으로 설명해 놓았다. "언니가 피아노와 바이올린을 하니까 첼로를 하면 '허트리오'가 돼요." 큰 눈을 반짝이며 내게 간절한 사인을 보냈다. 아이가 자신의 적성을 발견한 것이다.

아이는 우리 내외에게 희열의 순간순간을 안겨주었고 언니들의 사랑도 흠뻑 받았다. 저보다도 큰 첼로를 메고 다니는 뒷모습이 대견하기도 했지만 안쓰러웠다.

예고에 입학한 후 독일에 가 있는 두 언니에게 보내려고 하자 굳이 큰언니가 있는 뉴욕음악학교를 고집했다. 그때부터 또 다른 세 아이들처럼 우리 곁을 떠나가고 그리움은 네 개의 애드벌룬이 되어 공중으로 날아다녔다.

다행히 독일과 달리 방학이면 한국에 자주 들어와 내게 기쁨을 채워주었다. 또한 자칫 잃어버릴 우리의 정서를 귀히 여기며 자부심을 가지는 아이로 성장하고 있어 마음이 놓였다. 그러면서도 아이에 대한 어미의 한계가 어디쯤일지 늘 마음의 준비를 놓지 않았다. 언제든 내 곁을 떠나 갈 아이이니 마음을 추스르며 미리미리 체념을 해가면서도 막상 결혼을 하고 모든 일을 순식간에 진행하는 아이를 보면서 담담한 척 하지만 서운함을 감출 수가 없다.

나와 함께 지내온 가구들 중에는 아이들보다 그 연한이 오래된 것들이 많다. 객실로 쓰는 한실 방을 지키고 있는 문갑이며 사방탁자와 관 복장, 거실에 과묵하게 앉아 있는 이조약장과 강화반닫이는 내 30대 전후 내게로 온 것들이다. 고아한 기품이 있는 옛 선조들의 가구들로 인하여 외국 음악가들이 우리 집에 방문할 때면 적게나마 국위선양을 하는 것 같아 가슴이 뿌듯했다.

지고지순하게 주인을 보듬고 있는 가구들을 바라보며 내 아이들을 생각한다. 주인이 내보낼 때까지 내 곁을 지키는 소중한 가구들, 내 손때 묻은 소장품들의 의리를 내세우며 이따금씩 아이들에게 상처가 되는 말을 흘리기도 했다. 그러면서도 인간은 때가 되면 부모 곁을 떠나 반려자를 만나야하는 이치를 거역할 수 없음을 알기에 아이들이 떠나기 전까지 보듬고 살았어야 하는 게 아니었나 하는 때늦은 후회를 해본다.

사위와 딸아이는 얼굴에 희색을 띠고 돌아왔다. 캐나다 대사관에까지 들러 결혼신고까지 끝냈다며 너무나 만족해한다. 자식을 성가시키고 나면 두 사람의 행복을 지켜보는 게 부모의 할 일임을 되뇌이고 살았는데 마음이 영 그렇지만은 않으니 이것이 나의 잠재된 속성인 모양인가.

"앞으로 연주는 어떻게 할 예정이냐?"

견디다 못해 딸애에게 퉁명을 부렸다.

"예, 연주가 있을 때는 한국에 와야죠."

딸 대신 사위가 서둘러 대답한다. 마치 내 속마음을 알고나 있듯이. 이 말 한마디로 서운했던 마음이 확 풀어지는 듯 했다. 의논 한마디 없이 호적을 파러 간 아이에게 품었던 괘씸죄까지 희미해졌다.

창을 열었다. 시원한 가을바람이 내 마음속에 끼어있는 찌꺼기를 훑고 날아간다. 애써 마음을 다스려본다. 자식은 다 그래 하며.

50일의 작은 소망

창밖을 본다. 시리도록 파란 하늘, 보도에 내려앉은 낙엽들, 어느덧 대자연의 수채화가 퇴색하며 가을이 서서히 떠나가고 있다.

새벽부터 뿌린 늦가을비가 그친 길거리엔 행인들의 발걸음이 빨라지고 옷매무새도 두툼해졌다. 겨울을 재촉하는 강한 바람이 그나마 남아있는 이파리들을 날려 보내는 모습을 바라보자니 별안간 마음이 조급해진다. 절대로 찬바람을 쏘이면 안 된다는 처방을 받으니 잠깐의 묶여있는 답답함 때문인지 유난히 바깥풍경이 그립기만 하다.

보름간이지만 건강 때문에 구속되어 있다는 건 기분 좋은 게 아니다. 감기를 쉽게 여겨 차일피일 미루다가 그만 폐렴으로 발전되어 급하게 입원을 했다. 낯선 병실은 찬 기운이 돌고 적막하다. 싸늘한 흰 벽 한쪽에 걸려 있는 한 장 남은 달력이 새 식구를 맞는다.

침대에 누워 달력의 숫자를 바라보다가 문득 남은 날을 헤어보고 싶어졌다. 오늘부터 50일이라는 날을 지우면 2012년은 다시는 만날 수 없게 된다는 사실에 형언할 수 없는 마음속 소용돌이가 일었다. 아, 정말 그동안 그 많은 날들의 흔적도, 이루어 놓은 것도 없이 흘려버리고 말았던가. 두 손을 다섯 번만 쥐었다 폈다 하면 또 다시 제야의 종소리를 듣게 된다는 허탈감이 온몸을 휘감는다.

달력을 세세히 들여다보며 음력 숫자를 찾는다. 9월말이니 올해의 끝은 아직 3개월이나 남아있다고 억지 생각을 하며 스스로 위로를 해 본다. 나 같지 않은 생각이 머릿속에서 불쑥 튀어나와 음력날짜를 세고 있다니.

달력의 숫자들이 커다랗게 다가와 내 앞에 죽 늘어선다. "아직 많이 남았어." "하루가 얼마나 긴데, 실망하지 마." 저마다 한마디씩 내 귀에 속삭인다. 두 손을 저으며 "아냐 아냐. 아무 일도 할 수 없어 금방 다 가버릴 텐데." 간호사가 주사를 놓기 위해 흔들어 깨운다. 깜박 토끼잠이 들었던 모양이다. 두 뺨에 눈물이 흥건하다.

새해를 맞이할 때마다 흥분하며 새로운 꿈을 이루리라 다짐하던 순간들, 새해맞이를 카운트하며 함성을 지르고 폭죽에 나를 실어 끝없이 솟아오르던 그날의 기대와 희망은 모두 어디로 사라졌을까. 바람처럼 날아가 버린 헤아릴 수 없는 날들의 그림자조차 잡을 수 없다니 허망할 뿐이다.

남편 사무실 주차장에 오래된 감나무 한 그루가 있다. 해마다 주렁주렁 주홍색 열매를 달고 가지가 휘어진 모습으로 초겨울을 맞는다. 남편은 그 나무에 달린 감을 한 번도 따온 적이 없다. 그저 멋있는 사진 몇 장만을 가지고 와 벽에 붙여놓는다. 먹음직스러운 붉은 감이 매달려있는 가지를 찍은 사진이다.

"감은 안 따올 거야! 까치들 밥으로 남겨놔야지."

서리가 내리고 나면 감나무는 쭈글쭈글한 감 껍질만 매달고 앙상한 빈 등걸로 서 있다. 감나무도 떠나가는 세월에 순응하며 한 해를 마감하는 모습이다. 그래도 열매를 잉태하여 사람들에게, 까치에게 분배하고 떠나니 내 모습보다는 윗길이지 싶다.

마음을 가다듬고 남은 50일을 차분히 계획해 본다. 허탈감과 상실감에서 헤어나지 못한 채 그냥 보내고 싶지는 않다. 하루하루가 소중하다. 퇴원해서 해야 할 일들을 메모해보며 가라앉은 내면의 힘을 끌어내야만 한다.

첫 해, 첫 날 세웠던 각오와 약속이 아닌, 아주 작은 소망을 차곡차곡 채워가며 이 해를 마감하는 일만이 남은 날들에게 멋진 인사를 보내는 것이리라.

고개 숙인 나무

매년 있는 일이지만 올해는 네 아이들 음악회가 쉴 사이 없이 열렸다. 즐거운 일이기는 하나 이젠 고달프고 힘이 든다.

넷째의 연주 준비가 유난히 힘에 부친다. 8개월된 손자까지 돌보며 뒷일을 해주어야 하니 보통 일이 아니다. 딸애가 둘째를 가져 6개월째니 상상이 가지 않는 고달픔이다. 잠깐 시간이 날 때마다 컴퓨터에 앉아 가족 홈페이지 마감 작업을 하던 중에 별안간 눈의 초점이 맞지 않음을 느꼈다. 지나치게 피곤해서 그러려니 했으나 연주 당일 아침에도 역시 물체가 바로 보이질 않는 게 아닌가. 드디어 변고가 생긴 것이다.

안과의 진단은 망막 혈관의 출혈로 나왔다. 음악회는 마쳤지만 허탈하기 그지없었다. 레이저로 간단하게 시술이 되려니 했으나 종합병원의 진단은 심각하다. 지나친 과로에 신경을 과하게 쓸 때 일어나는 현상이라니 꼼짝없이 대 수술을 받고야 말았다.

수술 후의 내가 치러야 할 과정은 괴로움 그 자체였다. 24시간 내내 머리를 숙이고 있어야 한다는 게 어디 쉬운 일인가. 열심히 잘해야 15일 정도로 감소된다는 의사의 말에 여간 낙담이 되는 게 아니었다.

고개를 숙이고 앉아 있자니 많은 생각들이 밀려온다. 그 중에도 가지가 무성한 큰 나무에 대하여 생각해 보았다. 이따금 길을 가다가 아름드리 큰 나무를 올려다보면서 알 수 없는 연민을 느끼곤 했다. 나이테가 족히 수십 년 내지는 더 많은 햇수를 살았을 그 나무는 울퉁불퉁 세월의 고달픔을 지닌 채 그저 묵묵히 가지를 내리고 서 있다. 계절이 변할 때마다 갖가지의 옷을 입고 벗으며 나무는 아무 말이 없다. 껍질이 벗겨지고 뿌리가 튕겨 나와도 여전히 나무는 그대로 그렇게 서있을 뿐이다. 지난날들의 인고를 끌어안고도 온갖 새와 곤충을 품어 주는 나무를 보면서 문득 돌아가신 부모님을 떠올린다. 바로 그 나무가 부모의 모습임을 왜 진즉 몰랐을까.

가슴속에 보물단지 하나를 깊이 묻어놓고 누가 알세라 의연하게 살아가는 부모의 마음을 나는 모른 채 지냈다. 자식을 낳아 기르면서 소리 없이 단지 속에 누구도 모르게 쏟아 부은 눈물은 얼마나 될 것이며, 참고 또 참아 숯검정처럼 타버린 재는 얼마나 쌓였을까. 이따금 건너편에 있는 산을 찾아가 산길을 걷다보면 사람들이 나무에 붙어 서서 등을 쿵쿵 부딪는 것을 본다. 나무가 아프다고 불평할 리 없겠으나 사람들이 충격을 줄 때마다 나무가 온전할까 싶어 한참동안 안타까운 마음으로 바라보곤 한다. 뿌리가 흔들리기도 할 테고 나무껍질이 벗겨지기도 할 텐데 어찌 사람들은 그런 무모한 행동을 하는지 알 수가 없다. 마치 어미를 괴롭히는 자식처럼 사람들은 나무를 괴롭히면서도 아무런 생각이 없는 듯이 보인다.

나무와 부모, 이는 서로 닮은꼴이라 생각한다. 봄여름을 맞이한 나무는 화려한 계절을 누린다. 부모가 품안의 자식을 품듯 나무는 작고 큰 가지들을 품어 안고 싹을 틔우고 키워간다. 그러면서 계절을 떠나보내는 동안 나이테를 늘리고 몸뚱이는 시나브로 병이 들어간다. 나무가 그러하듯 품안에서 기쁨과 희망을 안겨주던 자식들은 훨훨 자기 길을 향해 둥지를 떠나기 시작하고 그래서 부모는 소슬한 가을을 맞고 쓸쓸히 동면의 준비를 하지 않으면 안 된다.

몇 날 며칠을 머리를 숙이고 있다 보니 조금은 기운이 떨어진 것 같다. 어쩔 수 없이 숙이고 있어야하는 절대 시간들을 감당해야 하는 나의 모습은 누가 보아도 온전히 회개하는 여인의 모습이다.

지나 온 많은 시간들을 헤고 또 헤어본다. 한창 기운이 뻗치고 열정이 솟구치던 20대에서 30대를 돌이켜 본다. 누가 뭐라 해도 양보할 줄 모르고 내 방식대로 밀고 나가는 시절을 보냈다. 생각도 단순했고 사물을 보는 눈도 순수했던 것 같다. 실수도 있었지만 성취감이 더 컸다. 아이들을 양육하기 시작하고 어미의 본분을 익힐 즈음, 시행착오를 하며 강행군을 했던 30후반부터 40대에 걸친 세월이었다. 나무가 품었던 것들을 놓아버리는 겨울을 맞듯이 하나 둘 내 품을 떠나는 아이들의 뒷모습에 눈물을 삼키는 추운 시간도 겪어보았다.

고개를 숙이고 겸손과 인내로 거듭나는 시간이었다. 그저 수술 후의 치료과정으로만 넘기기에는 너무도 절실하고 귀한 시간이었다고 생각한다. 이런 일이 아니었다면 어찌 내 자신을 돌아볼 생각을 할 수 있었겠는가.

이제는 묵묵히 감내하며 남은 세월을 겸허한 나무처럼 살고 싶다.

팔찌

딸아이의 약혼식을 끝내고 돌아와 사돈댁으로부터 온 딸아이 예물함을 열어 보았다.

예물 중에도 유난히 아름다운 청록색 칠보팔찌가 내 눈에 띄어 집어 들었다. 정교하게 세공된 팔찌는 아름답고 우아해 보인다. 팔찌를 만지작거리던 나는 문득 오래 전에 돌아가신 시어머님 생각에 감회가 새로웠다.

벌써 몇 십 년이 지난 옛 일이지만 공군에서 제대한 시동생의 결혼 날짜가 정해지자 시어머님은 혼인 준비로 무척 바빠 하셨다. 셋째며느리가 될 처자가 유난히 보석에 관심이 많아 신경이 쓰인다고 하시면서 단골로 다니시는 보석점 주인에게 당부를 거듭하는 모습을 뵈니 어쩐지 마음이 씁쓸했다.

내가 결혼할 당시에는 결혼반지로 시어머니께서 주신 예물이란 금지환 두 짝이었다. 보석 같은 것에 별 관심이 없었던 내게는 이 일을 겪으며 차마 서운한 내색을 할 수 없었다. 시어머님은 동서될 아가씨의 예물을 여섯 세트나 준비하셨고 그 광경을 옆에서 지켜보는 나는 서운한 마음을 금할 수 없었다.

그 일이 있은 후 며칠이 지난 어느 날 외출하신 시어머니께서 지금 보석점에 있으니 서둘러 나오라는 전화를 주셨다. 나는 영문도 모르는 채 달려가니 시어머님께서는 내게 반짝이는 반지를 건네주시는 게 아닌가. 뒤늦게야 보석이 박힌 반지를 사주신 것은 아마도 셋째며느리 것을 사고 나자 내가 마음에 걸리신 게 아닌가 싶다.

너무 뜻밖에 일이어서 기쁘기보다 먼저 어머니의 안색을 살폈다. 돌아오는 길에 어머님께 들를 데가 있다고 양해를 구한 다음 다시 보석점으로 돌아갔다. 주인에게 전후 사정을 듣고야 비로소 시어머님의 마음을 알게 되었다. "내가 시집 올 때 친정어머님이 해주신 건데…." 하며 못내 아쉬운 듯 팔찌를 내놓으셨다는 말을 전해 듣는 순간 나는 마음이 무거워 견딜 수가 없었다.

외출하실 때마다 무궁화 팔찌를 차시며 부모님 유품이란 말씀을 종종하셨던 시어머님 얼굴이 커다랗게 내 앞으로 다가왔다. 나는 허겁지겁 남편에게 전화를 걸었다. 마침 토요일 오후였고 은행문도 닫은 뒤라 돈 준비가 용이하지 않았다. 남편은 친구에게 연락을 해서 팔찌를 찾을만한 돈을 급히 마련하였다.

그 길로 보석점에 들러 팔찌를 되찾았다. 깨끗하게 닦아 새 케이스에 넣으니 새 것처럼 아름다웠다. 시어머님이 내게 반지를 사주셨을 때 기쁨보다도 더 벅찬 설렘으로 가슴이 뿌듯했다. 집에 돌아오니 어머님은 무명 끈으로 이마를 동여매고 혈압까지 높아졌다며 자리에 누워 계시는 게 아닌가.

우리 부부는 어머님 앞에 팔찌가 들어있는 빨간 케이스를 내밀었다. 별로 탐탁하지 않게 여기며 열어보시던 어머니가 깜짝 놀라시며 눈물이 글썽해 감격하시는 모습을 보는 순간 나는 가슴에 구멍이 뻥 뚫려 찬바람이 휘익 지나가는 것 같았다. 나의 반지를 장만해 주시는데 당신이 귀하게 여기는 팔찌를 보태신 게 왜 그토록 아까우셨나 싶었다. 반지를 해 줄만한 형편이 안 되는 것도 아닌데, 아끼는 팔찌를 팔아야만 했을까. 이런저런 생각을 하니 슬그머니 심사가 꼬이기 시작했다. 큰며느리가 있는데도 늘 둘째인 나와 함께 사시겠다고 고집하시던 시어머님의 마음을 알기에 미흡하지만 며느리로서 본분을 다하려고 애쓰며 때론 친정어머니처럼 따르고 응석을 부리지 않았던가.

다시 찾아온 무궁화가 새겨진 팔찌 때문인지 시어머님은 바로 자리를 걷고 일어나셨다. 언제나 그러셨던 것처럼 어머님께서는 집에서나 주무실 때에도 그 팔찌를 차고 계셨다. 그렇듯 애지중지하는 팔찌인데 나를 위해 없애려는 생각까지 하셨던 시어머님 심중을 그제야 알 것 같았다. 미처 헤아리지 못하고 서운해 하기만 했으니 내가 얼마나 철이 없는 위인이었나 싶었다.

딸아이 시댁에 예단을 보내는 날은 하얗게 첫눈이 내렸다. 나무들은 가지마다 흰 꽃이 활짝 피었다. 눈이 내리면 푸근하다더니 추위가 누그러져 다행이었다. 사돈댁에 후행으로 갈 시동생이 마침 해외 출타중이라 어미인 내가 몇 자 적어보내기로 했다. 옛 어른들이 사돈지를 보내는 심정으로 나는 딸아이를 사랑해 주시라는 부탁의 글을 정성스레 썼다.

그러자 예전 시어머님 팔찌를 다시 찾을 때처럼 가슴에 벅찬 감동이 일었다. 어머님을 오해하고 그분의 심중을 헤아리지 못하고 잠깐이나마 동서를 시기했던 내가 부끄러웠다.

사돈께서 마련한 딸아이 예물을 다시 들여다보면서 사부인의 사랑이 가득 담겨있음을 본다. 나는 잠시 들고 있던 팔찌를 함 속에 조심스레 넣었다. 이십구 년 동안 곱게 키운 딸을 막상 떠나보낸다고 생각하니 가슴이 아리지만, 딸아이도 이 어미처럼 시어머님의 사랑을 듬뿍 받기를 마음속으로 기원하니 한결 마음이 놓인다.

칠포의 야생화

주말을 포항에서 보내려고 셋째아이와 함께 집을 나섰다. 마침 딸아이가 새 차를 뽑았기에 차도 길들일 겸 고속도로를 달리기로 했다. 포항에 들어서는 이 길은 언젠가 한낮에 지난 적이 있었는데 얼마나 아름답던지 집으로 돌아와 그때 감흥을 떠올리며 시로 쓴 적이 있다. 우리는 자정이 훨씬 넘어서 한동대학 캠퍼스에 도착했다.

셋째가 바다를 보고 싶다는 말에 문득 나도 바다에 가고 싶은 충동이 일었다. 다음 날 바람이 거세게 불기는 했지만 딸애와 7개월이 된 손자를 태우고 바다를 찾아 나왔다. 여름 바다와는 달리 북적이지 않아 한가로운 바다의 정취에 한껏 취해본다. 야트막한 동산이 울뭉줄뭉 줄지어 있는 오솔길을 달린다. 바다를 끼고 이곳저곳에 세워진 카페와 레스토랑들이 멋스러운 건축물로 서 있고 그런 대로 이국적인 정취까지 느끼게 한다.

망망대해라고 했던가…. 끝없이 펼쳐진 바다를 바라보고 있자니 가슴이 탁 트이는 듯하다. 온 듯 만 듯한 봄이 여름과 교차되는 요즘의 기후에도 바다는 급한 숨결이나 거친 분노를 표출함이 없이 휴식을 취하고 있는 듯 잔잔하다.

계절을 기다리는 바다가 조금은 들떠 보이지만 그 안에는 수없이 많은 이야기를 감추고 있다. 가장 아름답고 멋있는 자태를 뽐낼 수 있는 바다의 계절은 여름이다. 여름을 기다리는 바다, 하얀 포말을 일며 포개지는 파도와 슬퍼도 노여워도 가슴 아파도 그저 묵묵히 물살만을 접고 또 접는 바다의 속을 누가 알겠는가.

멀리 하늘과 맞닿아 수평선이 보이는 레스토랑에 들어갔다. 넓은 마당에 수십여 종의 야생초와 분재가 놓여있는 돌짝길을 밟고 들어서는데 낯익은 얼굴이 커다랗게 눈에 확 들어온다. 다름 아닌 스위스에 살고 있는 손녀 딸 예람이가 환하게 웃고 있는 게 아닌가. 작년, 둘째의 연주가 있어서 엄마를 따라 귀국했다가 이곳엘 들렀을 때 찍힌 것이라고 한다. 내 손녀 외에도 귀여운 아기들의 사진을 여러 모양으로 걸어 놓은 것이 인상적이다.

이곳에 걸려있는 사진들은 레스토랑을 찾아온 손님들에게 사진을 찍어 선물로 주는 특별한 이벤트라고 한다. 주인의 따뜻한 정을 엿볼 수 있었다. 찻잔을 앞에 놓고 둘러보다가 윗녘에 노란 꽃이 만발한 넓은 뜰을 발견했다. 저 꽃이 무슨 꽃일까 하고 생각이 미치기도 전에 옆에 있던 사위가 유채꽃이라고 설명을 한다. 유채꽃이라면 얼른 제주가 연상되는데 웬 이곳에 저렇게 많은 꽃들이 있을까. 씨앗을 뿌리면 되는 일이지만 따뜻한 지방에서 잘 자란다는 생각으로 제주도만의 공유물로 착각했던 나의 고정관념이 계면쩍어 피식 웃음을 흘린다.

노란 물감을 뿌려놓은 듯 강렬한 어떤 힘이 나를 끌어당기며 눈을 현혹시킨다. 이끌리듯 뒤란으로 갔다. 셀 수도 없는 수천 송이의 꽃망울, 꽃잎들이 생글생글 웃는다. 거센 바닷바람과 지난겨울의 한파를 이겨내고 바닷가 한적한 곳에 뿌리를 깊이 내린 유채꽃, 오직 남쪽 더운 곳에서만 자생하는 식물인 줄로 알았는데 바닷가 거친 바람을 맞으면서도 그 빛을 발산하고 있는 꽃들이 대견스럽다.

원래 야생화는 산과 들에 절로 피어나는 꽃으로 그저 사람들은 무심히 지나쳤으나 내가 만난 야생화들은 한결같이 고고한 기품을 지니고 있다. 어쩌면 귀족풍의 장미와 같을 수는 없겠으나 다소곳이 애잔하게 피어있는 작은 꽃잎은 아름다움이 깃들어 있다. 어쩌다 집 앞 산엘 오르게 되면 나는 이곳저곳에 숨어있듯 피어있는 들꽃을 찾아다닌다. 억센 잡풀 사이로 방긋이 미소를 머금은 꽃을 만나면 얼마나 반가운지. 아무도 돌보지 않고 알아주지 않는 야생화, 드러내지도 나서지도 않으면서 조용히 숨결을 제어하는 모습이 곱고 고와 보인다.

예로부터 조선 8경의 하나로 꼽히는 국립공원 가야산은 각종 야생화를 비롯해 649종의 식물이 분포하는 자연의 보고이다. 매년 '산과 꽃, 천연의 만남'을 주제로, 야생초의 은은한 향기를 만끽할 수 있는 관광축제를 개최하는데, 백운동 주차장부터 야영장 도로변까지 금낭화, 주름조개풀, 물봉선, 산앵두, 각시원추리, 백리향, 솔나리, 할미꽃 등 70여 종의 야생화 꽃길을 조성하여 관광객들에게 듬뿍 기쁨을 선사한다고 한다(문헌 참조).

문득 다양한 야생초의 산지인 가야산 등정을 하고 싶은 욕구가 인다.

소탈한 농가의 아낙처럼 수수함을 지니고 고운 웃음을 잃지 않는 들꽃, 비록 때로는 밟히고 꺾일지라도 잠잠히 인내하는 그의 조용한 성품을 닮고 싶다. 무명치마를 둘렀을지라도 비단의 향기를 은은하게 품어내는 기품이 부럽다.

잠깐 생각에 잠긴 사이 철썩 하며 바위에 부딪치는 파도 소리에 정신이 번쩍 들었다. 각양각색의 야생화에 취해 한동안 무아지경으로 빠져 있었던 모양이다. 하늘을 올려다본다. 파란 캠퍼스가 끝도 없이 펼쳐져 있다. 눈이 부시도록 노란 유채꽃과 함초롬이 피어있는 야생화를 옮겨 붙여본다.

　과연 한 폭의 수채화가 그려지는 것을 미처 모를 뻔 하지 않았는가.

행복의 초상화

나뭇잎들이 살랑이며 춤을 추는 저녁, 오늘 배달된 문예지를 펼쳐든다. 매월 배달되는 책들이 대여섯 권은 되는데 그 책을 일일이 다 읽어보기는 어렵지만 그래도 먼저 제목을 골라 마음에 와 닿는 것부터 고른다.

수필지를 읽다가 우연히 아는 후배작가의 글에 죽음에 대해 쓴 한 글귀를 접했다. "죽음은 긴 이별이며 그 이별을 준비하는 기간을 살기위해 매일 연습하는 것이 삶이다." 작가는 사유의 뜰에서 인생을 음미하며 이 글을 썼을까. 참으로 공감이 가는 글귀다.

문득 내 삶의 언저리는 어떠할까 궁금해진다. 또 내 존재는 어디까지 와 있을까 하는 의문이 일었다. 지나간 세월의 흔적을 돌이켜보니 별로 특기할 만한 것이 없는 것들뿐이다. 오로지 참혹한

전쟁을 겪었던 어린 시절, 감성에 목말라하며 명동 뒷골목을 헤매던 낭만파 자칭 문학도 시절, 목이 터져라 시를 읊고 음악에 심취해 눈물을 흘렸던 시대만이 각인되어 있다. 그러나 생각해 보면 그것은 흘러간 한쪽 귀퉁이가 아닌, 내 심장 한복판에 박혀있음을 알게 되었다.

지축을 흔들며 달리는 지하철, 점점 사라지는 열차의 마지막 칸이 시야에 한 점으로 남아 있을 때까지 서 있어 본다. 인생은 바로 저 열차와 같지 않을까. 아니 어쩌면 열차보다도 못한 게 인생길인지도 모른다. 뚜렷한 목적지가 보이지 않는 삶의 연속이기에.

흔들리는 차창으로 밖을 내다본다. 휙휙 바람이 일듯 멀어져가는 높은 아파트와 빌딩, 그 사이에 낀 삶에 찌든 낮은 지붕들이 슬퍼 보인다. 단풍이 아름답다고 탄성을 지르면서도 가슴 한구석이 싸하다. 마지막 생을 마감하는 나뭇잎이 혼신을 다하여 스스로를 불태우려 하는 모습이라 생각하니 안쓰럽기까지 하다.

파리 몽마르트 언덕 카페에 앉아 있는 화가 모델리아니, 알코올과 마약에 쩔어서도 그려낸 그의 그림은 왜곡된 선과 외톨이의 슬픔이 잠재되어 있다. 짧은 생을 살아가면서 어디에 가치를 두는가에 따라 그 생은 부유하고 화려하기도 할 것이며 어둡고 침울하기도 할 것이다. 외로운 화가 모델리아니를 떠올리니 비록 자신을 돌보지 않았지만 나름대로 행복한 삶을 살았던 그가 부러웠다. 자부심과 열등감으로 반복된 일상의 간격을 메우기 위해 술과 약물로 지냈던 그가 36세로 요절할 때 "나는 행복했다"라고 할 수 있었음은 과연 그는 행복이 무엇인지 깨달았기 때문이었을 것이다.

마지막 달력 한 장이 매달려 있는 것을 보면서 무엇부터 해야 할지 초조와 긴장감이 온몸으로 조여 온다. 열한 장의 달력을 떼어내며 어떤 생각들을 했던가. 지난날의 기억은 옛이야기처럼 후회와 미련의 흔적뿐이다. 단 몇 년 만이라도 되돌릴 수만 있다면 내 존재는 좀 더 창의적이고 당당한 모습일진대. 떠나간 열차를 놓치고 후회하듯이 그렇게 나는 회한의 나날을 맞고 보내고 있다.

스위스에 살고 있는 둘째를 방문했다. 오랫동안 계획하여 두 내외가 함께 지은 새집이다. 연습실과 객실, 확 트인 거실과 편리한 인테리어가 마음에 들었다. 유럽풍이면서 단순한 구조는 세 식구가 생활하기에는 조금은 큰 듯하지만 항상 음악인들과 하우스콘서트를 열기에 편리한 집이었다. 밖 테라스에서 바라보이는 알프스산은 아주 날씨가 쾌청해야 그 위용을 볼 수 있다고 한다. 그런데 머무는 일주간은 예년의 4월 같지 않게 날씨가 무척 좋았다. 우리 내외는 누구도 쉽게 접할 수 없는 눈 덮인 알프스 산의 웅장함을 볼 수 있었으니 이보다 더한 행운이 어디 있겠는가.

앞마당에 배나무 한 그루를 심어놓고 벌레가 먹은 이파리를 안타까워하며 약을 쳐주는 딸애를 바라보며 눈시울을 적신다. 어려서 유학길에 올라 외롭고 힘든 나날을 보냈던 딸이 어느새 삶의 한 페이지를 열고 자신의 인생길을 구상하고 있으니 저 아이는 행복의 모습을 벌써 보고 있는 것인가. 보람 있는 삶을 추구하는 인생관과 인생철학이 있는 딸애는 이미 행복의 초상화를 그리고 있는 것 같았다.

정성스레 물을 주고 퇴비를 주며 소출을 바라던 내 마음 밭을 낙조에 비유해본다. 그래도 욕심을 내며 그 밭에 꽃과 열매를 기다리는 초조함이 서글프지만 그게 나의 삶인 것을.

바람에 휘어지는 미루나무 같은 내 행복의 초상화는 어디로 숨어버렸을까.

귀는 열고 입은 닫고

선거가 막바지로 들어설 즈음이면 어디를 가든지 수많은 입들이 바쁘게 움직이는 것을 본다. 무슨 할 말이 그렇게 많은지 뉘에게 뒤질세라 저마다 의견이 분분하다.

위정자들의 지키지 못할 허황된 말들, 어느 누가 거짓을 나열한다 해도 표현의 자유가 있는 대한민국에서는 거리낄 것이 없다고 생각하는 모양이다. 이루질 못할 공약을 남발하고 국민과의 약속을 맹세하며 온갖 수식어를 인용하는 말쟁이들을 볼 때마다 지나치다는 생각을 한다.

입의 기능은 다양하다. 음식을 취하고 하고 싶은 말을 한다. 감정을 토로하고 가슴속 깊은 말을 타인에게 들려주는 역할이다. 그러나 많은 사람들 중에 입을 닫고 말을 아끼는 이들은 마치 대

열에서 처지고 퇴보하는 듯하고 큰소리를 내야 이기는 세상이고 보니 너나할 것 없이 어떤 말이든지 앞장서서 먼저 해야 직성이 풀리는 것 같다.

어릴 적이어서 어렴풋하지만 우리의 고질적 풍습의 하나가 가부장제도였다. 그 시대 여인들이나 아랫사람은 귀는 열고 입은 닫고 살아야 했다. 불현듯 집안 어른의 말소리 외에는 어느 누구든 말을 많이 해서는 안 되었다. 어르신이 검은 것을 희다고 한들 누구도 반박할 수 없는 패쇄적인 삶이었다.

나와 함께 습작을 하던 문우 한 사람이 수년 동안 강좌를 들을 때였다. 시간이 끝난 후 점심 식사를 하는 중에 각기 여러 말들이 오고갔다. 화기애애한 분위기가 고조되면서 격이 맞지 않는 진한 말까지 나왔다. 예컨대 어느 작부가 무더운 여름날, 툇마루에 앉아 더위를 식히고 있었다. 문득 자신의 태중 아이의 아비를 모르니 큰 걱정이었다. 성씨를 붙여주어야 할 텐데 어떤 성을 만들어 줄까 생각하다가 마침 툇마루 밑에서 더위를 이기지 못해 혀를 내밀고 헉헉대는 자기 집 개를 바라보면서 무릎을 쳤다. 옳지 하며 허(許)씨로 정했다는 이야기였다. 물론 본인은 좌중을 웃기려는 유머라고 했겠지만 듣는 이들은 순간 내뱉을 수 없는 작은 신음소리를 죽이며 말문을 닫아 버렸다. 그 자리에 허씨 성을 가진 회원을 앞에 두고 망발을 하였으니 좀 전까지도 덕담이 오가던 좋은 분위기가 싸늘해지고 어색하기 그지없었다.

말은 의사소통을 하는데 필요하지만 지나칠 때는 소음으로 들린다. 말을 하지 않지만 상대의 눈을 보고 알 수 있듯이 많은 말을 해야만 뜻이 전달되는 것은 아니다. 어느 책에서, 해야 할 말을 "목소리 속의 목소리로 귓속의 귀에" 하는 말이라고 했다. 이 말은 언어의 아름다움을 많은 말이나 아첨보다 침묵에 두고 있음을 제시한다고 한다.

남의 말을 귀 기울여 들어주는 것은 상대의 인격을 존중하는 것이다. 눈을 마주보고 열심히 경청하는 모습이야말로 말하는 이에 대한 따뜻한 배려가 담겨 있다. 상대의 말을 듣기보다 입을 닫을 줄 모르는 것은 인간관계에서 크나큰 공해다.

귀는 되도록 크게 열어 많은 말을 담아야 타인을 알게 되고 속내를 듣게 된다. 마음 문을 닫아거는 이에게 정성스럽게 들어주는 귀가 있다면 그 문이 활짝 열린다. 과묵함은 가슴 가운데 깊은 상념과 격이 있는 관조의 향이 있어 고상한 인품이 느껴진다. 그러나 때로는 정의구현을 위해 말을 아끼지 않아야 할 때가 있다. 불의를 보고도 침묵하는 것, 정당한 일에 방관하는 것은 비겁함이다.

경륜이 높은 어른들을 만나 좋은 말씀을 듣고 돌아설 때 청정한 기운을 느낀다. 긴 사유(思惟)의 시간에 정신을 담고 침묵이라는 여과를 거쳐 참으로 아름답고 참된 말을 하기 때문이다.

지상(地上)에 있을 때 써먹어

초개 선생이 발목이 골절되어 입원을 했다는 소식에 딸아이와 병실을 찾았다. "어, 나비가 날아 왔군." 하며 그만의 특이한 미소를 던진다. 자그마한 체구에 비해 머리가 남달리 큰 선생은 그래서 머릿속에 상상을 초월한 퍼포먼스가 가득한가 보다.

뉴욕에 있던 딸애가 귀국하여 아르코극장에서 첫 공연을 올릴 때다. 극장 안은 관객들로 웅성거리고 딸의 공연을 보기 위해 오신 분들을 맞이하기 위해 이리저리 바쁘게 다니는데, 카페 옆 기둥에 기대서 있는 남자가 유심히 나를 주시하는 눈길을 느꼈다. 순간 멈칫하며 천천히 살펴보는데 그가 손짓을 건넨다. 누굴까. 분명 나를 알고 있는 것 같은데, 궁금해 하며 가까이 다가갔다. "홍유경(어릴 적 필명) 씨. 나 기억 안 나요?" 그의 음성을 듣고 모습을 보고서야 나는 깜짝 놀랄 몇 십 년 전의 기억을 끌어냈다.

"선생님, 영태 선생님이시죠?" 너무 반가워 선생의 손을 덥석 잡았다. 선생은 베레모에 버버리 차림으로 작은 키지만 나름대로 지성 극치의 분위기를 물씬 풍기고 있다.

고교시절 동인지를 만들며 문학에 입문했던 군단들 속에는 초개 선생과 나도 끼어있었다. 20여 년 전 미주리에 살고 있는 시인이며 기자 출신인 K가 왔을 때 비로소 초개 선생과 대학로 산낙지집에 모여 앉았다. 초개 선생은 여전히 여자 단화를 애용하고 있었다.(발이 작아 남자 구두를 신을 수가 없어서) 나는 선생의 벗어놓은 구두를 보며 큭큭 웃었다.

이십여 년 만에 공연장에서 다시 만난 선생에게 다가갔다. "선생님 웬일이세요? 공연 보러 오셨어요?" 빙그레 웃으며 끄덕끄덕해준다. 초개 선생이 시와 그림 외에 무용평론까지 하는 줄은 알고 있었지만 내 아이 공연에서 선생을 만나다니, 뜻밖이라 여간 반가운 게 아니다. "홍유경 씨 딸이 춤쟁이였군." 빙긋이 웃으며 내 필명을 불러준다. 그로부터 선생은 내 딸에게 계속 지대한 관심을 보내주었다.

타계하기 전 병원 치료를 다니면서도 틈틈이 징에 지인들의 얼굴을 그려 새겨 넣어 전시회를 열었다. 선생 사무실 옆 갤러리 혜화당에서 열린 조촐한 전시회는 아름다운 이야기를 들려주었다. 떠나기 전 가슴에 담아 갈 지인들을 징 속에 새겨 보고 싶었던 선생은 이미 지상에서 이사할 준비를 하고 있었던 것 같다.

선생은 강화도 전등사에 수목장으로 장례가 치러지고 우람한 나무 아래 묻혔다. 잠자리 날개처럼 가벼운 육신을 훌훌 벗고 날아갔다. 병원에서 내게 "유경 씨 내가 지상(地上)에 있을 때 부지런히 써 먹어." 웃으며 했던 말씀, 처음엔 그 말이 무슨 뜻인지 얼른 알아듣지 못했던 내 우둔함을 후회해본들 무엇하랴. "나비야 너도 필요한 게 있으면 다 가져가. 내가 나아지면 나비가 춤 출 대본을 줄게." 선생은 딸애의 손을 잡아주며 환하게 웃었다.

허허로운 광야에 늘 홀로였던 초개 선생, 고독이 바로 선생으로부터임을 왜 진즉 몰랐을까. 정해진 공식대로 살다가 떠나는 우리네 인생이라면 선생은 별스럽고 특별하게 마치 외계인인 양 자유인으로 살다 떠났다. 규격과 질서를 무시하며 타인의 눈총이나 입놀림도 개의치 않고 늘 환하게 웃고 지낸 분이다.

자그마한 체구이나 멋스런 분위기를 풍기며 후학들을 살피던 선생이 그립다. 장례의식에서 선생의 명복을 빌어주던 무용가의 눈물겨운 몸짓과 청아한 노래로 선생의 천도를 염원하는 소리가 전등사 경내 곳곳에 퍼져 날아다녔다. 유난히도 아끼고 사랑하던 제자 J선생 곁을 떠난 초개 선생은 우람하고 청청한 나무 밑에 보금자리를 틀었다.

오호라 초개가 간다/ 당쇠르*의 몸짓을 따라/ 사물을 넘어 마음으로

나는 떠나네. 천상으로/ 오호라 당쇠르들이여/ 혼불을 붙여라/ 존재의 무게를/ 털어버리게 여보게들/ 선생이 외치고 싶었던 그의 마음을 대신 읊어본다.

이제 선생의 마니아들이 1주기를 기념하여 추모공연을 준비하고 있다. '징검다리를 건너온 나비야'라고 늘 불러주고 사랑해주던 딸아이가 '깨어진 약속'이라는 춤을 선생께 바친다. 선생이 늘 앉아 공연을 보던 아르코극장 객석, 그의 좌석에 꽃다발을 한 아름 올리련다.

선생이시여, 비록 우리를 떠나 우주공간을 휘젓고 다닐지라도 눈꺼풀이 뽀얀 춤꾼들을 잊지 마소서. 당신을 위해 포에버 탱고를 추어드릴까, 하늘나라 무대가 좁을 정도로 정열적인 탱고를.

지상에서 천상으로 자리를 옮긴 초개를 놓친 아쉬움에 뜬눈으로 밤을 지새운다.

* 당쇠르(danseur)는 춤추는 사람을 의미한다. 춤추는 여자를 발레리나, 남자를 발레리노라고 한다. 이 모든 것을 포함한 이름이다.

4

남편의
쇼핑
백

남편의 쇼핑백

아침저녁으로 제법 스산한 바람이 옷깃으로 파고든다. 그토록 뜨겁던 여름이 언제 있었냐는 듯 날씨는 별안간 서늘해졌다. 옷장에 걸려 있는 여름옷들을 세탁할 것과 털어 거풍시킬 것들로 구분해서 정리하기 시작한다. 옷 먼지가 풀풀 날려 코끝에 달라붙고 목이 칼칼하다. 남편 것부터 챙기는데 벌써 한나절이 지났다. 속이 메슥거리고 현기증이 인다. '웬 옷이 이렇게 많담.' 슬슬 짜증이 올라오려고 한다.

한 해에 서너 차례 연례행사인 옷 정리는 적당한 즐거움의 차원을 넘어서 힘들고 먼지와의 싸움이기도 하다. 옷의 가지 수가 많다보니 그때그때마다 찾는 일이 보통 일이 아니다. 제철대로 티셔츠, 계절이 바뀔 때마다 점퍼, 슈트 등을 정리해 놓지만 이상스러울 정도로 한두 벌씩은 어디에 묻혀 숨어있는 듯 보이질 않는다. "○○이 없어." 남편이 그냥 하는 한 마디에도 나는 괜히 벌렁벌렁 가슴이 뛴다. 어떤 옷인지 기억이 없으니 도저히 알 길이 없다. 모든 옷을 종류대로 걸어 놓을 수만 있다면 찾는데 이렇게 불편하지 않으련만.

남편은 술이나 담배를 하지 못한다. 업무가 힘들거나 정신적으로 피곤할 때 스트레스를 푸는 방법은 오직 한 가지 쇼핑을 하는 것이다. 그의 독특한 감성은 어느 누구도 따를 사람이 없을 정도로 차원이 높은 편이다. 명품으로 베스트 드레서가 되기는 쉽지만, 코디를 잘함으로써 명품이상의 가치를 창출하여 토털 패션에 앞서가는 남편의 안목은 특기할 만하다. 사무실에서 퇴근해서나, 어디든 외출했다가 집으로 돌아 올 때는 손에 항상 쇼핑백이 들려져 있다. 때로 남편의 쇼핑백에는 다양한 품목이 들어있다. 식료품을 즐겨 찾기도 하고 문구를 좋아하여 일상에 필요한 문구용품이 모자란 적이 없다.

누구나 자신만이 즐겨하는 것이 하나쯤은 있다. 어떤 이는 보석을 좋아하여 거금을 들여 구입을 하는가 하면 또 어떤 이는 구두만 몇 십 켤레를 가지고 있다. 향수나 스카프, 가지각색의 장신구 등 그 종류는 다양하다. 지니고 싶은 것을 마음 내키는 대로 다 사 모을 수만 있다면 만족할 것 같지만 그러나 그 충족감은 끝이 없는 것 같다.

수년 전 아이들이 있는 뉴욕에 있을 때이다. 힘들고 매우 어려운 공부를 하는 아이들 앞에서 이곳저곳 관광을 다니거나 쇼핑을 하는 것은 어미로서 도리가 아닌 것 같고 그래서 택한 곳이 박물관을 관람하거나 백화점 구경이다. 워낙 핸드백을 좋아하다보니 핸드백 코너를 돌아보는 게 제일 즐거웠다.

친구와 B백화점엘 들렀다. 나는 늘 그랬듯이 핸드백 매장을 찬찬히 둘러보기 시작했다. 새로운 디자인이 나왔는지, 일일이 모양을 감상하는 것도 아이쇼핑의 묘미이다. 고급 백은 하나하나 체인을 걸어 진열해 놓았다. 지니고 싶은 욕구가 한없이 밀려왔다. 한참동안 진열장에 놓여 있는 여러 종류의 백을 돌아보고 있는데, 친구가 내 옷자락을 당긴다. "경비가 우리를 이상하게 보는 것 같아." 돌아보니 백화점 경비원이 방망이를 흔들며 바짝 다가서 있지 않은가. 나는 정신이 퍼뜩 들었다. 물건은 사지 않고 거의 한 시간여 동안 매장을 배회하는 동양인이 아마도 수상쩍었나 보다. 그들에게 이상하게 비춰진 내 모습을 생각하니 웃음이 솟았다.

구매의 욕구를 참아내고 돌아온 날은 한동안 그 물건이 눈앞에 아른거리며 지워지지 않는다. 그러나 차츰 시간이 흐름에 따라 그 순간을 잘 넘겼다는 생각에 가슴이 뿌듯해진다.

남편의 옷 정리가 거의 끝났다. 계절 옷으로 바꾸고 나니 옷장이 헐렁해졌다. 홀가분한 마음으로 창문을 열었다. 싸늘하기는 하지만 시원한 바람이 방안 먼지를 쓸어가는 듯 공기가 산뜻해지고 내 마음도 상쾌해졌다.

　오늘도 남편은 여전히 즐거운 얼굴로 쇼핑백을 들고 들어온다.

새벽 향기

새벽 5시, 어둠이 걷히지 않은 하늘은 금새 비라도 쏟아질 것처럼 칠흑이다. 외투를 여미며 걸음을 재촉한다. 새벽예배를 가기 위해 집을 나서면 그 상쾌함이란 이루 말할 수 없다. 길거리에는 산으로 가는 사람들과 수북이 쌓인 낙엽을 쓸어 모으는 미화원, 새벽바람을 가르며 달리는 자동차들, 모두가 아침을 준비하는 부지런한 모습들이다.

언제부터인가 하루가 짧다는 생각이 들었다. 조반이 끝나고 식구들이 나간 후라야 나만의 시간이 시작되는데, 정오가 가까우니 하루의 반이 날아가 버린다. 운동도 해야 하고 컴퓨터 앞에도 앉아야 하고, 할일은 많은데 시간이 턱없이 모자란다. 새벽부터 깨어 이 시간까지 한 일이 아무것도 없이 그저 서성거린 시계바늘이 몇 시간째이니 조바심만 난다. 시간을 아끼며 하루를 설계하는 것도 삶의 지혜인 것을.

계절이 바뀔 때마다 새벽 그림은 다양하다. 상큼한 나무 냄새, 꽃 냄새가 날아와 내 정신세계로 파고든다. 라벤더나 캐머마일 향이 따를 수 없는 새벽 향기, 바람 냄새, 풀잎 냄새 산 냄새, 바로 이 냄새를 어느 향수가 대신하겠는가. 투명한 하늘을 가슴에 담고 낙엽을 밟으면 사각사각 부서지는 신음소리에도 향은 날아다닌다.

얼마 전 설악산 산사를 찾았다. 마침 10월 중순 이후여서 온 산이 단풍으로 물들어 아름다웠다. 사찰 처마 끝 풍경소리에 가을이 흠씬 묻어나고 절을 둘러싸고 있는 산자락은 무아지경이었다. 하늘을 바라보니 띄엄띄엄 뭉게구름 속에 수줍은 듯 산봉우리가 숨어있다. 단풍이 절경인 한계령의 고독을 보았다. 찾는 이 없는 젊은 날의 기억을 더듬어 부단히 참고 기다린 산. 여인의 풍만한 가슴 같은 산자락에 오색 옷을 입고 깊은 한을 쏟아내는 첩첩산기, 구릉마다 구겨진 마음을 달래며 서 있는 나무들이 그 날따라 장엄해 보였다.

곳곳에 단풍객이 줄을 잇고 있었다. 한계령 굽이굽이 휘도는 바람결에 거대한 수채화가 펼쳐져 장관이었다. 이른 새벽을 타고 찾아갔던 산사의 범종소리, 풍경소리, 온갖 새들이 지저귀는 소리, 주지승의 새벽염불이 아직도 귀에 쟁쟁하다. 모두 하루를 여는 모습들이다.

삶을 가꾸어가는 이런저런 모습이 있다. 이른 시간 지하철에서, 새벽시장에서 만나는 삶의 향기는 숙연한 마음을 들게 한다. 그들은 자신의 일을 사랑하고 그 일에 최선을 다하는 새벽인들이다.

새벽 향기 같은 사람을 보았다. 새벽 6시면 어김없이 산으로 가는 사람. 이슬방울 맺힌 풀잎을 바라보며 살아있음에 고마워 눈시울을 적신다고 한다. 영양이 모자라 휘어진 나무를 안타까워하고 다른 이를 위해 발에 채이는 돌을 옮기고 죽은 나뭇가지를 치운다. 다람쥐, 들토끼의 먹이를 놓아주고 산 초입에 텃밭을 일궈 여러 채소를 심는다. 산에서 살고 있는 동물들의 먹이라고 한다. 그가 지나간 곳에는 그의 향기가 흩날린다.

새벽 향기는 심안의 냄새다. 아름다운 내면을 가진 사람에게서 풍기는 향이 그것이다. 고뇌를 기쁨으로 승화시킨 사람에게서 나는 향기다.

어둠을 쫓아내고 여명을 재촉하는 새벽 향기, 이 향기에 실려 환희의 몸짓을 하고 싶다.

가로놓인 강

"희정아, 건강 조심하고 연습 열심히 해야 해."

건드리면 울음보가 터질 듯한 딸의 얼굴을 감싸 안았다. 안쓰럽고 측은해 보이는 딸을 보내며 매번 가슴이 멘다. 한창 부모 그늘에서 어리광을 부리며 예쁘게 학창시절을 보내야 하는 나이에 먼 이국땅에서 홀로 어려움을 감당해야 하는 아이가 한없이 딱하다.

밤낮으로 연습에 몰두해야 하는 아이, 무엇 때문에 그 어려운 공부를 택해 고생을 하는지, 생각하면 모두가 내 탓인 것만 같다.

남편은 아무 말이 없다. 아이들이 다시 돌아갈 때마다 입을 꽉 다물어버리는 남편, 서운한 마음을 추스르느라 애쓰는 모습이 역력하다. 자식 일이라면 우선순위로 놓고 있는 남편이기에 서운함이 얼마나 큰지 가늠할 수 있다. 다섯 딸을 모두 국외로 내보내고 오가는 길목에서 기쁨과 슬픔의 엇갈림으로 보내버린 십수 년 세월, 그 시간들 속에 결실 맺는 사과나무로 자랄 아이들을 기다릴 뿐이다.

아래층으로 내려가니 입국하는 가족을 마중하려는 사람들이 북적인다. 아이들을 보내고 이 층계를 밟을 때마다 입국장에 모여 있는 사람들이 부럽고 가슴마저 설렌다. 아이들을 맞이하던 느낌이 남아 있어설까.

돌아오는 길은 아득히 멀기만 하다. 아이들을 마중하러 달리는 길은 솜털처럼 가볍고 환희가 가득하지만 배웅을 하고 돌아오는 길은 무겁고 어둡다. 남편은 창밖을 응시하고 말이 없다. 하나도 아니고 아이들 다섯을 모두 보내놓고 우리 내외는 속빈 강정처럼 허탈하게 지냈다. 이따금씩 전해지는 아이들의 콩쿨 우승 소식으로 별똥별을 좇듯 순간의 기쁨에 젖곤 하지만 그저 잠시 지나가는 바람처럼 흩어져 버리고 만다.

달리는 차창을 연다. 비릿한 바람 냄새가 코끝에 스민다. 남편은 여전히 창밖을 바라보고 있다. 오늘따라 서운한 마음이 큰 모양이다. 남편은 서운함, 기쁨, 슬픔을 감추지 못하는 게 큰 흠이다. 감성적인 성격이어서 표현이 다양하게 표출된다. 옆얼굴을 훔쳐보며 입을 다물었다. 그래야만 내 자신을 자제할 것 같아서다. 문득 아이와의 가로놓여 있는 게 바로 이 강임을 깨닫는다.

어디론가 끊임없이 흘러 정착할 곳을 찾아가는 물줄기처럼 아이들은 차츰 우리의 품을 떠나갈 것이기에.

차창으로 빗줄기가 부딪히며 도록도록 물방울을 그린다. 어느 화가의 물방울을 담은 화폭을 연상해 본다. 내 가슴 안에서도 물방울이 흐른다. 크고 작게 멈추었다가 흩어진다. 물방울 속에 아이들이 웃는다. 손짓을 한다. 작가가 물방울을 화폭에 담는 것은 아마도 순간에 사라져버림을 아쉬워해서가 아닌가 싶다.

아이 방문을 열었다. 찬바람이 돈다. 몇 시간 전만 해도 따뜻했던 방안에 냉기가 돌고 정적이 흐른다. 떠나보내는 일에 익숙하다고 스스로 최면을 걸어왔던 십 수 년이다. 억지로 되지 않는 게 자식과의 인연인가. 아이들마다 차례로 유학을 보내놓고 그리워하는 세월은 이루 헤아릴 수가 없다.

헤헤거리던 아이의 모습이 이곳저곳에 떠다니며 손에 잡히지 않는 그림자로 남아있다. 아이와의 사이에 가로 놓여있는 강, 그 강을 넘나들며 허허한 가슴에 그리움만 쌓인다.

내 안에 젊은 여자

머신에서 내리는 커피 향이 오늘 아침엔 유난히 짙다. 나의 아침은 원두를 갈고 머신에 커피를 내리며 서서히 열린다.

목적 없이 차를 몰고 나간다. 쭉 곧은 길 양편에는 미루나무가 빽빽이 서 있어 줄을 그어놓은 듯하고. 이런 그림 같은 길에 연인의 작별을 그리기도 하고 연인의 사랑을 연출하기도 하는 그런 풍경이다. 가슴이 설레기 시작한다. 미루나무 가지들 사이로 언뜻언뜻 쪽빛하늘 조각이 조용히 나를 따라오는 정경이 20대의 나를 손짓하며 불러내고 있다.

가슴을 떨며 매달리던 카사도의 첼로 음이나 우아하면서도 품격을 잃지 않는 베토벤의 협주곡 〈황제〉에 매료된 시절로 몰아가고 있다. 나는 남성에 대한 열정대신 클래식에 침잠되어 홀로 소외된 나만의 공간에서 행복에 젖는다. 아득하지만 젊은 날의 찬란한 시간들을 가져다주는 메신저가 바로 내 안에 다른 젊은 여인이다. 차에서 흘러나오는 수정 같은 피아노의 맑은 음역을 따라 흥얼거리며 미루나무 길을 벗어난다.

눈앞에 펼쳐진 호수의 자태가 요염하기 그지없다. 엷은 나무그림자가 물속에 출렁거리고 작은 풀잎마다 비릿한 물 냄새가 배어 있다. 오리 몇 마리가 물살을 가르며 내 앞으로 헤엄쳐 온다. 호수 바람에 흔들리며 날아드는 나비 한 마리, 내가 꿈꾸는 자유의 날갯짓이다.

열정이 넘치는 내 안에 젊은 여인은 천천히 호숫가 돌계단에 걸터앉는다. 그녀의 눈에 비치는 모든 것, 바람에 실려 오는 풀냄새, 그 자락을 잡고 나풀나풀 춤추는 벌레들의 몸짓, 여인은 평화로운 여유의 낭만을 즐긴다. 손에 잡히지 않지만 가슴으로 파고드는 희열을 느끼면서 문득 떠오르는 한 사람을 상기한다.

그는 마음을 흔드는 시인이다. 자연의 아름다움에 취해 불사르는 화가이다. 캔버스에 자신의 혼을 집어넣고 희열과 고독, 슬픔을 옷 입힌다. 그와 여인의 시화전이 열리던 날, 그의 시구에 그녀의 작은 화폭을 둘러 함께 울고 웃고 환희에 몸을 떨었다. 그는 폐결핵으로 하얀 얼굴이 되어가면서도 한 편 한 편 피 같은 시를 써 냈다. 짧은 생을 마감한 그는 마산출신의 〈학원〉 지기였다.

먼 먼 추억의 한 페이지다.

근래 하나 둘 친구의 타계를 겪으며 문득 내 안에 숨어있는 또 하나의 나를 불러내어 그와 친구가 되기로 했다. ≪웰만은 말했다≫ "세상에서 가장 좋은 벗은 나 자신이며 세상에서 가장 나쁜 벗도 나 자신이다. 나에게 용기를 주고 고통에서 벗어날 수 있는 가장 큰 힘도, 나를 해치는 무서운 칼날도 또 다른 나에게 있다." 스스로 자신 속 다른 나와의 삶을 함께 엮어가라는 말인 듯하다.

차츰 호숫가에 해가 비껴서고 회색 하늘 저편으로 파스텔의 수채화가 걸리기 시작한다. 강렬한 빛이 스러지는 모습은 처절한 아름다움이다. 모든 만물이 그러하듯 처음과 끝은 우주 궤도를 벗어날 수 없는 질서가 아닐까. 여인은 자신이 나비가 된 듯 저 먼 곳 꽃향기 그윽한 곳을 향해 날아가기 시작한다. 미어질 듯 종잇장 같은 날개를 흔들며 나풀나풀 날아간다.

이어폰에서 전달되는 오페라 나부코의 〈히브리 노예들의 합창〉이 퍼져 나간다. 우람하면서도 가슴을 후비는 듯한 갈구와 기도문을 호소하듯 쏟아내는 음역이 공중에 떠다닌다. 주위는 푸른 초장이요 호반에 일렁이는 물결이 춤을 추고 하늘은 이따금 마술을 부려 구름조각을 다듬어 인사를 건넨다.

여인은 지금 이 순간을 붙들고 생을 마감해도 행복할 것 같다. 이런 환경에 울려 퍼지는 〈히브리 노예의 합창〉은 과연 어떤 의미로 해석을 해야 할까 생각하면서.

　뜨거운 감성과 잔잔한 사유가 넘나드는 작은 가슴속에 젊은 여
인이 숨 쉬고 가늠질을 한다.

　그래서 내 안에 그녀를 사랑한다.

손짓

　차창 밖으로 흔드는 작은 손이 점점 멀어져 간다. 스위스로 떠나는 손녀의 손이다. 트리오 연주를 위해 둘째가 딸아이와 왔다 돌아가는 날이다. 열흘 남짓 함께 지낸 일들이 눈에 밟힌다. 손녀는 계속 손짓을 멈추지 않는다.

　손녀딸이 일 년 만에 다시 엄마 나라에 왔다. 늘 연주를 하러 다니는 제 어미와 자주 떨어져 있어서인지 그간 무척 의젓하고 어른스러워진 것 같다. 엄마의 나라에 오는 것을 얼마나 즐거워하는지 표정만 보아도 알 수가 있다. 매운 김치도 잘 먹고 멸치볶음과 김을 무척 좋아한다. 마침 학교가 2주 동안 방학이어서 어미를 따라 외갓집에 왔다.

　십여 일 동안 집안은 왁자하고 생동감이 흘러 넘쳤다. 어미와

이모들이 트리오 연습을 하는 동안 아이는 네 시가 되기만을 기다
린다. 학교에 간 사촌언니들이 빨리 돌아오기를 기다리며 나름대
로 제 시간을 보내고 있는 것이다. 큰딸이 아이 둘을 데리고 오면
세 아이들은 완전히 하나가 된 듯 귀엽고 사랑스럽다. 그놈들을
보고 있으면 피곤함도 씻은 듯 사라진다. 어린이들의 세상은 동화
적이다. 그들만의 비밀스런 세계가 있다. 아이들이 놀고 있는 모
습을 보면서 깜짝 놀라기도 하고 그 창의적인 생각을 어른이 따라
갈 수 없음을 실감한다.

나는 이 녀석들의 눈빛을 자주 본다. 그 눈짓이 무엇을 원하는
지도 알 수 있다. 눈짓뿐만 아니라 손짓은 더 빠른 사인을 준다.
엄마와 이모들이 연습하는 시간이라는 것을 알기에 꼬마들은 소
리를 줄이고 방해하지 않으려고 자제하느라 무언의 행위를 연출
하는 듯한 깊은 심성이 고맙고 어린 마음에도 연습에 지장을 줄까
배려하는 속마음이 어여쁘고 대견스럽다.

다른 이에게 관심을 가지고 신경을 쓰는 것은 배려이다. 사람이
살아가면서 남을 생각하고 마음을 기울이는 것은 자신을 위해서
도 기쁘고 즐거운 일이다. 그런 마음이 정을 낳고, 그 정이 점점
자라 인간관계가 원만하고 따뜻해지기 때문이다. 어른에게서도
쉽지 않은 마음이 이제 겨우 여남은 살 된 아이들의 심지치고는
기특하기 이를 데 없다.

내가 우리 아이들을 키울 때보다 더욱 잘 자라고 있는 것 같다. 우선 인성을 첫 번으로 생각하는 어미들의 생각이 특별하다. 때로는 그 생각이 답답하기도 하여 토론을 해 보지만 끝내는 딸애들의 생각이 맞는다는 결론을 내곤 한다. 인성이란 양육에 있어 첫째다. 성품이 제대로 되고서야 비로소 모든 분야에 완성의 길로 들어서기 때문이다.

눈짓을 보내고 손짓을 하는 꼬마들에게 응수하면서 매일 매일이 기쁘기만 하니 이젠 참으로 나도 할머니가 되었나 보다.

음악회가 끝나고 둘째딸과 손녀가 돌아가는 날이다. 큰딸의 둘째 녀석이 스위스 동생과 하룻밤을 같이 자느라 학교를 결석하고 함께 공항으로 떠난다. 내가 가르쳐 주지 않아도 저희들끼리 마음을 쓰는 모양이 눈물겹다.

차가 내 시야에서 점점 멀어져 간다. 차창 밖으로 연신 흔들어 보내는 손짓을 가슴에 받아 안으며 목이 메었다.

내 곳간에는

황사로 시달리는 산야지만 갈수록 푸름이 더해 가는 나무 밑에서 파란하늘을 올려다본다. 끝없이 펼쳐진 거대한 우주 속에 내가 존재하고 있다는 게 가슴 뜨겁다.

봄이다. 긴 겨울 빈 몸을 보듬어 안고 수액을 올리느라 바쁜 나무들, 연록의 순들을 키워 찾아 온 푸른 계절을 준비하는 모습이 숭고하다. 봄을 기다리며 마지막 완성의 단계를 향한 식물들을 바라보노라면 가슴이 설렌다.

그 중 빈약한 나무들을 바라보며 나의 내면을 연다. 세속의 화폭에 욕심이라는 물감을 잔뜩 칠한 채 두꺼운 쇠창살로 울타리를 치고 있는 자화상이 보인다. 저 깊은 곳에서는 나목을 닮아야 한다고 소리치지만 내 곳간은 탐욕과 이기심에 목말라 허덕이는 모습이다.

바람이 허공을 가르며 비껴가는 도시의 굉음에 나의 병든 영혼
은 아스팔트 위에서 공허하고. 지금도 어둔 밤을 밝히는 네온 빛
을 받으며 하루를 마감하는 내 곳간은 욕심의 수렁에서 허우적댄
다.

오늘은 봄볕이 무더위처럼 느껴지는 하루였다. 찬란한 햇빛과
바람이 없었다면 한껏 달구어져 벌겋게 달아오른 곳간의 검은 얼
굴을 드러내고 말았을 것이다. 자연과 우주가 흔들리는 소리, 그
속에 스치는 바람소리마저 차츰 묻혀가고 짧은 회한의 모습조차
숨기고 내일의 곳간 채울 욕구가 슬며시 솟는다.

누구나 자신의 곳간을 가득 채우고자 개미처럼 살아간다. 비워
있으면 불안하고 허전하다. 세상을 살아가는 것이 마치 곳간을
채우는데만 모두 허비하고 있는 것 같다. 가득 채워놓은 곳간에는
타인에게 상처를 주는 피폐한 마음이 도사리고 명예와 권력에 편
중된 욕망이 하나 가득 쌓여 있다. 가슴에서는 저 넓은 들판으로
나가 민들레 씨앗처럼 훨훨 날려 보내라고 소리치지만 머리에서
는 자꾸 끌어들이라고 명령한다.

내 곳간에 들어선다. 황량하기 그지없고 내 몸 하나 의지할 여
백이 없다. 이곳저곳 빽빽히 쌓여있는 탐욕의 소산들이 히죽거린
다. 주인을 능멸하고 비웃으며.

법정 스님의 비움 철학을 왜 따를 수 없는 것일까. 비워서 가볍고 괴롭지 않아 한결 상쾌한 기분이 된다는 스님의 고귀한 인생철학이 바로 옆에 있는데 인간의 욕심은 끝이 없는 것인가.

비운다는 것은 진정 자유로워지는 것이다. 인간의 속성을 탈피하지 못하고 살아가는 분화구 같은 탐욕수렁에서 버둥대는 일상이 허허롭다. 언젠가는 곳간에 쌓아 둔 것들 다 쏟아놓고 훨훨 새처럼 가볍게 날개를 펴고 싶다.

바람이 분다. 대륙으로부터 세차게 불어오는 모래바람이다. 모래바람에 실어 내 곳간을 깨끗이 비워보자.

찌든 것들과 탐심으로 빛바랜 심신(深心)의 찌꺼기들이 가득한 그 곳간에 다시 맑은 영혼의 샘을 파고 싶다.

동행

한강 둔치에서 홀로 걷는다. 경칩이 지난 지 여러 날 되었는데도 이렇듯 매서운 추위가 사그라지지 않는 게 이상기온의 탓일까. 여기저기 먼지를 수북이 쓰고 있는 차들뿐 허허로운 공간에 바람과 나만이 걷고 있다. 이따금 보드랍게, 매서운 기세로 세차게 불어오는 바람은 내 등을 떠밀며 발걸음을 재게 만든다.

이따금 강물에서 노니는 오리군의 발차기만 간간히 들릴 뿐 한적하고 적막한 둔치에 바람과 동행하다보니 마치 작은 우주에 와 있는 착각마저 든다. 바람이 밀어주는 대로 가볍게 걷기도 하고 힘을 쏟아 부으며 마구 밀어대는 대로 가볍게 뛰어본다.

바람은 어디로부터 오는 걸까, 허공을 가르며 나는 새들, 흔들리는 은빛 억새풀, 가녀린 몸을 흔들며 하얗게 웃고 있는 코스모스에서 바람을 만난다. 바람이 스쳐 흔들리는 강물을 따라 어느 사이 낯선 강변으로 들어서니 서쪽 하늘에 석양이 그윽하다. 과연 하늘의 이치가 장관이다.

바람과 함께 가는 길엔 미처 깨닫지 못한 상상의 세계가 있다. 그곳은 때로는 상실과 희망이 엇갈리기도 하고 기쁨과 슬픔이 교차하기도 한다. 그와 발맞춰 걷는 길은 거대한 자유를 만끽하는데, 그러다가 실망과 좌절과 맞닥뜨릴 때면 또 다른 낯선 미지의 세계를 만나게 되는 것이다.

바람 따라 집을 떠난 가장이 있다. 그는 말띠에 태어나 역마살이 끼었다고 할 정도로 세상 어디든지 가고 싶으면 무작정 떠나버리는 사람이다. 가족에 대한 책임감이나 부담을 느끼지 않으니 그 머릿속에 무슨 생각을 하며 살아가는지….

그의 아내는 늘 어두운 낯색이요 자녀들도 아버지에 대한 신뢰가 깨지기 시작했다. 생활은 차츰 궁핍해지고 아내는 급기야 일을 찾아 나섰다. 부러울 것 없이 성장하며 문학을 사랑하던 여인, 남편의 거듭되는 부재에 아내의 작은 가슴에는 차차 멍이 들기 시작했다. 가장은 자유로운 바람처럼 유유하게 유람을 하고 있으니 사랑하는 가족에게는 씻지 못할 상처를 남겨주었다. 그를 사람들은 방랑바람이 들었다고 하니 과연 바람은 바람인 모양인가.

둔치를 거닐며 가깝게 지내던 그 가장을 떠올려 본다. 고즈넉한 어스름 이 저녁에 강변에서 동그라미 맴을 도는 물살의 주름테에서 빗나간 그의 세월을 헤어본다. 삶의 무게를 벗어 던지고 훌훌 자유인으로 날고 싶었는지도 모를 그를 나는 그가 아니기에 그를 책망하거나 비난할 수 없음이다.

내가 벗하고 있는 한강변의 바람은 낭만이다. 나의 감성을 일깨워주는 한 편의 시다. 사람 따라 환경 따라 바람은 그저 바람일 수도, 찬란한 꿈이 되기도 하는가보다. 때로는 마음에 찌든 찌꺼기들을 시원하게 날려버리게도 하고 아픈 상처를 말끔히 씻어주기도 하는 나의 바람은 이 시간 내 육신을 밀고 당기며 발을 맞춘다.

이따금 산에서 만나는 바람은 소나무 잣나무의 향이 스미고 산사의 신비함이 있어서 좋다. 강에서 만나는 바람은 비릿하지만 신선하다. 숲속 오솔길에서 살랑살랑 날리는 바람을 만나면 가슴에 그리움이 솟아오르고 문득 풀섶 이름 모를 들꽃에게 사랑을 주고 싶어진다. 그러나 때로는 아린 외로움을 실어다주기도 하는 바람은 스치는 언어와 몸짓으로 내게 수많은 이야기를 들려주기도 한다.

청둥오리들이 잔잔히 물살을 가른다. 손에 들었던 건빵을 부스러뜨려 던져주니 한 무리가 뒤뚱대며 몰려든다. 휘이익 별안간 강한 바람줄기가 뺨을 때린다. 목도리를 다시 여미며 바람과 손을 꼭 잡는다. 가볍고 경쾌하게 이 길을 걷는다.

　일찍이 떠난 바람으로 날아간 사람을 떠올려 본다. 유난히도 바람 부는 날이 좋다고 강바람 바닷바람을 찾아다니던 그가.

시간의 흔적을 찾아

월정사에 짐을 풀었다. 포근한 햇살이 찬 기운을 녹인 듯 댓돌 아래 강아지가 길게 기지개를 편다.

사방으로 울창한 잣나무 가지에 소복이 앉아있는 하얀 눈꽃들이 고즈넉한 법당 기와를 더욱 이채롭게 만들고 앞마당 눈밭에 내려서자 발바닥에 느껴지는 촉감이 새삼 신비롭다.

글쓰기의 고통을 면하고자 찾아든 고적한 산사에서 과연 한 줄의 명품이라도 건질 수 있을까 자못 허탕한 행보를 한 것은 아닌지 두려운 마음으로 거닐어 본다. 이곳의 풍광은 눈 덮인 산세뿐 아니라 사유하는 상념의 숲속과도 같아 어쩌면 특별한 글의 소재를 건질 수 있을 것 같았다.

삼십여 년 전 글을 쓰기 시작하면 앉은 자리에서 두세 편을 써 내곤 했다. 깊이가 없는 수박 겉핥기식의 글일 수밖에 없는 글이었다. 그런 글들을 일 년이나 이 년여 동안 묻어두고 퇴고를 하곤 했지만 처음 글 쓸 때 작자의 영혼이 담겨있지 않으니 좋은 글이 될 수가 없었다.

삶의 미미한 일상과 상념에 시간을 허비하고 훌훌 흩어버릴 수 있는 고뇌를 거쳐 최면에 빠져보기도 하고, 커다란 거울에 자아를 비쳐보며 그 안에 숨어있는 알듯 모를 듯한 고독의 흐느낌으로 써내려갈 때의 글은 그저 허공에 대고 중얼거리는 독백에 불과할 뿐이었다.

독자들이 공감을 느끼며 함께 공유할 수 있는 따뜻한 글, 감동 줄 수 있는 글, 수식이 없는 소박한 글이어야 한다고 다짐해 보지만 단지 생각에만 그칠 뿐, 마음속에 욕심을 가둬놓고 써지지 않을 때의 좌절과 실망은 내 정신세계까지도 여지없이 함몰시키곤 했다. 글쓰기의 고통은 글을 써본 사람들만이 알 수 있다. 쓰는 이의 거룩한 영혼의 통곡이 담겨야 생명력을 갖게 되는 것, 그러나 이 모든 구심점은 깊은 여과를 통해 온전히 기다리며 관조하는 순간만이 순금이 되는 것임을 알았다. 그런 시간을 통해서만이 작자의 아름다운 흔적을 남길 수 있는 것이리라.

눈발이 차츰 굵어지기 시작한다. 저무는 산사의 풍경소리가 구릉 사이에서 다시 되돌아오기까지 석탑 앞에 서 있어본다. 고요하다 못해 몸이 떨릴 만큼 적막한 어둠이 내리는 이곳에서 나는 영혼의 피를 묻히며 글을 완성할 수 있을까. 사각사각 눈이 부서지는 소리가 바람에 실려 음악처럼 들려지는 깊은 밤, 지금 나는 저 무한한 환상의 세계에서 방황하는 미아로 서 있는 게 아닐까.

눈밭에 새들의 작은 발자국, 속삭이는 눈꽃에 일렁이는 솔잎들의 소리, 눈을 날리며 지나가는 세찬 바람소리를 고귀한 언어로 그려낼 수만 있다면 시공간을 거스르지 않고 삶의 행보를 할 수 있을 것 같다. 그러기 위해 떠난 이들을 애타게 그리워하고 사랑을 좇아 한 줄이라도 고운 글을 만들고 싶은 것이다.

오랜 기다림은 시간을 창출하기도 하고 잠시 잠적시키기도 한다. 생각 없이 보내는 일상은 분초를 좀 먹으며 날려 버리는 먼지와도 같아서 남는 것은 허상뿐이다. 해마다 연말 하루를 남겨두고 느끼는 그 허탈감을 무어라 표현할 수 있을까. 눈 깜짝하는 사이에 날아가 버린 삼백육십오 일의 가쁜 숨쉬기를 나는 함께 호흡하며 달렸다. 누군가 '시간은 영원하다'라고 했다지만 시간은 회오리 같은 순간일 뿐이다.

바로 지금 이 순간을 놓치면 영원히 되돌릴 수 없다. 빗살같이 빗겨가는 시간의 흐름 속에서 내 영혼은 자유를 갈구하며 이 시간을 잡고 작은 흔적이라도 남기려고 한다.

시멘트 속의 삶

  서초동 법원 앞엔 지나는 대로에 요즘 들어 근래에 부쩍 고층 빌딩들이 앞 다투어 들어섰다. 마치 빌딩 숲에 서 있는 듯 답답하고 숨이 막힌다. 빌딩 밑을 지나는 사람들의 모습이 흡사 작은 인형들이 움직이는 것처럼 미미하기 짝이 없어 보인다. 나는 이 길을 지나갈 때마다 이상한 충동을 받곤 하는데, 순간이나마 인간의 존재에 대해 깊은 회의를 느낀다. 사람은 길게 살아야 80에서 90, 백년이 고작이다. 그 기간 동안 살아가기 위해 많은 일을 겪으며 고통과 고난을 겪고 수많은 고비를 넘기며 헤쳐 나간다. 필사의 노력 끝에 재산가가 되고 권력자가 되기도 하지만 점차 찾아드는 검은 사자 앞에서는 보잘것없는 위인이 될 뿐이다.

  인간에 의해 만들어진 거대한 시멘트 건물이 비록 생명력은 없으되 무한히 위용을 뽐내며 제 자리에 버티고 서 있다. 백 년, 이백 년이 지나도 변함없이 존재한다. 빌딩 밑을 지나던 사람들은 어느 사이 흔적 없이 사라져 버린 지 오래지만 그 건물은 여전히 건재하다. 당연한 이치임에도 빌딩 숲을 오가면서 문득 허망한 생각을 떨쳐 버릴 수가 없다.

어렸을 적에 할머니가 들려주신 얘기가 생각난다. 어느 날 저승사자가 나타나더니 "이젠 가야겠다."고 하기에 예고도 없이 왜 나타났냐고 호통을 치셨다. "예고를 왜 안 했다고? 요즘 숨이 차고 어깨가 아프고 걸음도 걸을 수 없지 않소." 그러면서 저승사자는 유유히 떠나가더라는 것이다. 우리는 항상 죽음을 예고 받으며 살고 있는 게 아닐까싶다.

모태에서 떨어져 나오면서부터 죽음은 늘 우리를 따라다니는지 모른다. 삼풍백화점의 비극은 이미 오래 전에 예고된 것인지도 모를 일이다. 한순간 어처구니없이 허물어져 버리는 육체의 나약함을 놓고 과연 인간이 만물의 영장이라 할 수 있을까. 비록 생각하고 느낄 수 있는 감정과 지혜와 명철함을 가지고 있는 인간이기에 동물 가운데 가장 뛰어나다고는 하지만, 무지막지하게 세워 놓은 빌딩 앞에 서는 순간, 너무나도 힘없는 존재인 것을 통감한다.

메마르고 정감도 없는 도로에는 철판으로 만든 차들이 제 세상인 양 마구 달린다. 검은 매연을 날리면서 뻔뻔스럽게 질주한다. 이제 다시 맑은 산소를 뿜어줄 나무 한 그루가 아쉽다. 야트막한 지붕이 보이는 아담한 건물이 있고 좌우에 푸르른 나무들이 싱그러운 물결을 이루던 지난 세월이 그리워진다. 사람들의 발소리가 선명하게 들리고 가쁜 숨소리가 귓가에 들리는 그런 길거리가 다시 보고 싶다. 그래서 사람마다 종아리에 근육이 불끈거리고 신발이 자주 망가지더라도 걸어 다니는 사람들이 많으면 얼마나 좋을까.

얼마 전 모 기업에서 고층 빌딩을 세우겠다는 발표가 있었다. 시카고에 있는 시얼스 빌딩을 연상해 보았다. 이 좁은 땅에 빌딩숲과 주차장 같은 도로도 모자라서 이젠 세계에서 두 번째 높은 빌딩을 세우겠다니, 과연 지탱이 될까 염려가 된다.

비록 인간이 작고 미약하나 이런 모든 것들은 다 인간에 의해 만들어지고 인간에 의해 망쳐진다. 또 그로 인해 사람들이 다치고 죽기도 한다. 한없이 문명의 이기를 누리고 싶은 욕구를 제어할 처방은 없을까. 때로는 인간이 만들어 놓은 기계가 인간을 부리고 때로는 멸망으로까지 끌어가기 때문이다. 이를 두고 자승자박이라 했던가.

콘크리트에 싸인 도심에 찬바람이 휘몰아치고 네 발 달린 괴물들이 우글거리는 주차장 같은 도로에서 목숨을 부지하려는 사람들이 종종걸음을 친다. 그래도 세상 한 구석에서 인명 존중을 위해 녹색 캠페인이 열리고 있다는데, 목청만 높이다가 스러지지 않았으면 좋겠다.

자연 생태계가 망가지는 장면을 방영하는 것을 보았다. '강남 갔던 제비가 돌아온다'는 말은 이젠 옛이야기가 된 지 오래다. 참새가 둥지를 틀고 비둘기가 집을 짓는 아늑한 지붕은 없다. 시멘트로 만든 사각 상자 같은 우리의 주택에는 꿈이 서리지 않는다. 인심은 각박해지고 냉담하다. 그런 빌딩 안에서 살아남아야 하기에, 그렇듯 인간은 약한 존재로 살아갈 수밖에 없음이 안타깝다.

거대한 물체가 빼곡히 들어서 있는 거리를 지나면서 햇빛이 가려진 긴 숲을 빠져 나오려고 안간힘을 쓰는 군상들 틈에 문득 내가 서 있음을 본다.

매듭과 인연

경주에 왔다. 매듭전이 열리고 있는 갤러리를 찾아 나섰다. 아침나절 안개구름이 자욱한 보문단지 길목 단풍화폭들이 모처럼 한유를 즐기는 내게 낭만을 일깨운다.

전시장은 고유의 전통매듭과 반가사유상 특별전으로 고구려시대 작품을 전시하고 있다. 그 가운데 가장 관심을 끈 것은 전통적으로 내려오는 작품들인데, 색색으로 촘촘히 엮어낸 특이한 매듭작품은 그 자태가 신비로웠다. 마침 작가와 만나는 행운을 얻은 나는 그저 신기하고 아름답게만 느끼고 바라보던 매듭이 완성되기까지의 여러 과정을 들었다.

욕망과 절제의 순간들, 씨실과 날실의 무수한 교차로 엮어내는 수작업은 손놀림 하나하나에 작가의 혼을 담아야하는 고통과 인내의 결정체로 태어난다고 한다. 한참동안 작품들을 보노라니 정교한 짜임이 과연 끈끈한 인연의 얽힘이 아닐까 싶다.

지난 세월 한 페이지가 불현듯 떠오른다. 작은 아재가 장가간다고 법석이던 날 나는 열서넛 아이였다. 흥청거리는 집안 분위기만이 좋아 이리저리 망아지처럼 뛰어다니며 아재 색시가 도착하기만 기다렸다. 여기저기 마당에서는 지짐 부치는 소리와 기름 냄새가 진동을 하고 여인들의 발걸음은 종종거렸다. 이윽고 색시 가마가 대문밖에 당도했다고 수돌 아범이 호들갑을 떨며 달려 들어오고 대문을 들어서는 빨간 콧부리 수(繡)신이 마당 흙을 밟고 있었다.

새색시는 수줍은 듯 살짝 고개를 숙인 채 부축을 받으며 안채로 들어갔다. 댓돌에 벗어놓은 수신의 콧부리를 만져보다가 살금살금 안채 색시방을 엿보다가 참으로 예쁘고 희귀한 물건을 발견했다. 녹색저고리 앞섶 밑으로 걸려 여릿하게 흔들거리는 노리개는 어린 아이가 처음 만났던 은밀한 아름다움이었다. 마치 가야금 병창가인의 올치고 주저앉듯 살포시 내려앉는 하얀 손가락처럼, 잔잔한 파문을 일으키며 날아앉는 나비의 춤사위처럼 신비한 흔들림. 아이는 파닥이는 가슴을 누르며 창살 틈에서 눈을 떼지 못했다.

정교한 매듭에 비취나 호박을 달아 화려하게 장식한 노리개는 저고리 겉고름, 안고름 또는 치마허리에 차는 장신구로 한복의 우아함을 한층 더 돋보이게 하지만, 세로 가로의 아우러진 짜임에 열을 맞춰 여인의 가슴속 말들을 담아 한 올 한 올 인연을 일구고 가꾸는 손끝 마음의 징표라는 작가의 설명은 가히 감동으로 다가왔다.

매듭에 얽힌 재미난 고대 그리스 신화에 프리지아의 왕 고르디우스가 신전에 마차를 묶어 두었는데 묶인 매듭이 복잡하게 엉켜 누구도 풀지 못하자 알렉산드로스 대왕이 단칼에 그 매듭을 잘라 버리도록 명했다고 한다.

이 일화로부터 유래한 '고르디우스의 매듭을 끊는다' 는 말은 복잡하게 엉켜있는 문제를 지혜롭고 대담한 행동으로 해결한다는 의미로 동서고금을 통해 전해지고 있지만, 사람의 인연까지도 쉽게 끊어버린다면 참으로 씁쓸하고 허탈하지 않을까 싶다.

어디를 가나 스치는 인연은 헤아릴 수 없이 많다. 비록 사람과의 관계뿐만 아니라 칠흑 같은 어둠속에 빛나는 총총한 별들과 두 볼을 스치는 보드라운 바람, 일렁이는 강물의 비밀스런 속삭임도 모두 내게는 소중한 인연이다. 나와 반평생을 함께 보내고 있는 집안 소용품들, 덤덤히 서 있는 가구들까지도 내 식솔로 매듭 짓고 있다. 지난 해 십 수 년 간 아끼며 타고 다니던 애차를 떠나보내던 날, 나는 기어이 눈물을 흘리고 말았다.

서로 인연을 맺어 보듬는 것은 결코 쉬운 일이 아니다. 맺고 있는 인연에 혹여 흠집이 생긴다 해도 그 매듭을 끊어버리기보다는 한 올씩 엮어가듯 정성스럽게 풀어 가리라.

　　누군가의 마음속 이야기를 담고 있는 듯 정겹고 아기자기하게 놓여있는 여러 모양새의 매듭 자태에 사로잡혀 시간가는 줄 모른 채 그 매력에 취해보았다.

새 얼굴의 손과 입

새벽 공기를 마시며 투표장으로 향한다. 내키지는 않지만 국민의 책임과 도리이니 어쩔 수가 없다. 그래도 선거를 할 때마다 기대와 설렘으로 투표장을 찾는다. 실망을 예상하면서도 새로운 일꾼을 기대한다. 이번 선거에서 두드러지게 달라진 것은 여성 당선자들이다. 40여 명의 여성의원이 배출되었다. 시대의 변혁이 가져다 준 형평성이다.

보수세력이 물러가고 진보세력이 정계를 잡게 되었다. 50대가 주종을 이룬 젊은 국회가 형성된 것이다. 보수와 진보의 말들이 난무하지만, 말이 필요 없다. 국민을 대변한다는 자의 지난날을 돌아본다. 수치의 연속이다.

재래시장을 찾아 비린내 나는 상인의 손을 덥석 잡던 후보의 손, 노동판을 찾아 갈퀴처럼 거친 손을 잡고 한 표를 부탁하던 손, 온갖 정겨운 말로 가난한 사람들을 위로하던 입, 국민을 위해 불가능이 없을 것처럼 공약을 하던 입들, 이들은 자신의 손과 입을 기억해야 한다. 4년간의 정치생활에 잊어서는 안 될 짐을 져야 한다.

선거가 시행되던 초기부터 거슬러보면 부끄러운 일뿐이다. 연약하고 정 많은 국민들을 우롱했던 위정자들. 이번만은, 이번만은 하며 기대와 희망으로 부풀었던 국민들을 향한 배신만을 해왔다. 자신의 부와 영달을 위해 의사당을 들락거렸다. 거대한 권위를 누리며 거침없는 오욕을 남겼다. 애국자임을 자임하며 머리를 뜯고 싸움만을 일삼았다. 못 볼 것을 보여주며 국민에게 분노만을 안겨주었다.

새 얼굴, 젊은 얼굴의 대거 등장이 이색적이다. 그들은 정치 입문자들이다. 그들의 노하우가 무엇일까. 열띤 마음만으로는 어려움이 따른다. 국민의 심판은 냉정하다. 미래를 향한 무서운 비판이 있다. 정치학을 했으니 정치가가 된다는 생각은 오산일 것이다. 본인의 인성과 사회의 정의로운 관점이 있을 때 비로소 정의 구현의 위정자가 될 수 있다. 이 시대가 누구나 정치가가 될 수 있는 것은 아니다. 오랜 세월을 두고 덕행으로 대하며 어려운 이웃을 위해 참된 헌신과 사리사욕을 금하고 애국정신이 강하여 주변의 어려운 이들을 살피는 희생이 뒤따라야 한다.

언제부터인가 대통령 영애의 모습이 화면에 떠오르기 시작했다. 흉탄에 서거한 어머니를 대신하여 퍼스트레이디 역할을 해왔던 그녀가 이제 중후한 나이의 여인으로, 한 정당의 대표로 우뚝 섰다. 몇 대통령을 보내고 헛헛하던 가슴에 따뜻한 온기와 어머니의 푸근함이 담기기 시작한다.

우리는 선량하고 마음이 약한 민족이다. 나쁜 일을 행하고 처벌받은 위정자들을 다시 포용하는 가슴이 있다. 처벌을 받고 나와 다시 정계에 몸을 담도록 관대함을 갖는 것도 우리들이다. 측은하고 가엾은 마음이 들어 지난날을 용서한다. 그런 마음이기에 아직도 위정자들의 잘못된 정치로 나라와 국민이 마음고생을 하지만, 이제는 참된 정치관을 가진 이들의 출현을 기대하며 또 기다려본다.

언젠가 호텔에서 손님을 만나고 나오려는데 저만치 낯익은 얼굴이 반갑게 웃으며 다가왔다. 몇 년 간 교도소에 있다가 출감한 모 의원이다. 나는 그의 웃음을 외면할 수가 없었다. 전혀 면식조차 없는 그의 웃음이 어떤 의미를 담고 있는지 알 필요가 없다. 그저 측은하고 안 돼 보여 그의 웃음을 받았다. 내미는 손을 마주 잡았다. "고생 많으셨죠?" 그의 눈에 눈물이 고이는 게 보였다. 한순간의 일이다. 집으로 돌아오며 내 행동에 의문이 들었다. 왜 그의 웃음을 무시할 수 없었나, 위로의 인사까지 건넨 내 행위에 스스로도 놀랐다. 그러나 국민의 기대에 부응하지 못한 정치가지만 다시 새로운 인격으로 설 수 있기를 바라는 마음에 내미는 그의 손을 뿌리치지 못했다.

국회의사당 윤중로를 걷는다. 가지가 휘도록 피어있는 벚꽃이 장관이다. 벚꽃들 사이에 우뚝 서 있는 국회의사당이 오늘따라 스산해 보인다. 생존하기 위해 정치가가 되는 게 아니라 생존을 파괴하지 않기 위해 다스리는 입과 손들이 되었으면 좋겠다.

5

소중한
것
하나

소리 없는 아우성

장마가 시작되었다. 다른 해와 달리 올 장마는 처음부터 요란스럽다. 천둥 번개가 한꺼번에 유리창을 흔들어댄다. 잠이 깨어 창밖을 내다보았다. 희끄무레한 새벽 빛줄기에 산이 형체를 드러내고 군데군데 하얀 산 김이 마치 연기가 피어오르는 듯하다.

매연 속에 버티고 있는 가로수 잎들과 숲속에 뿌옇게 피어나는 안개. 쏟아지는 빗줄기에 이리저리 흔들리는 몸짓에서 묻어나는 소리가 있다. 말은 없지만 입을 꽉 다물고 퍼붓는 빗줄기를 감당하는 모습에서 목청을 한껏 높이는 아우성소리를 듣는다. 내가 내고 싶은 큰 소리를 대신 소리쳐주고 있는 듯하다. 나무들의 침묵이다.

나무만이 아니라 경마장의 달리는 말들을 바라보면서 그들의 아우성을 들을 때도 있다. 이재에 밝은 마주의 지나친 욕심과 욕망으로 혹독하게 훈련을 받고 묵묵히 달리고 달리는 말, 그저 달리지 않으면 안 되기에 달리는 동물로 태어난 말들, 비단 말뿐만 아니라 모든 동물들이 다 그렇다.

시내에 나갔다가 시청 앞 광장을 걸어 본다. 파란 잔디가 평온함을 느끼게 한다. 은사시나무 플라타너스 잎이 반짝이고 차의 소음이 멈추지 않는 환경 속에서도 느끼는 평온함, 이질감을 동반한 휴식을 취할 수 있어 좋다. 잠시 텅 비어있는 광장에 서 있으니 소리 없는 함성이 들리는 듯하다.

수많은 고뇌와 분노, 인내로 이어 온 우리의 역사는 그 뿌리가 깊이 박혀있어 언제까지나 아물지 않은 상처로 남아있다. 시대가 변하면 변할수록 또렷이 기억되는 피 끓는 함성, 통곡과 울분들, 성큼 다가선 현대에 살면서 아직도 나는 그때의 그 아우성을 듣고 있다. 나뭇잎이 서걱이는 흔들림 속에서, 빗줄기를 동반하여 세차게 날아다니는 날카로운 바람소리에서도 가슴 아픈 함성을 듣는다.

며칠 전 아랫집에서 다투는 소리가 들려왔다. 부인 말소리는 간간히 들리는데, 유리창이 깨지는 소리에 섞여 그 집 남자의 굵은 쇳소리가 귀를 울렸다. 현관을 통해서 울리는 고함소리는 충계로 엘리베이터를 향해 퍼져 나갔다. 날씨는 무더워 가만히 있어도 짜증이 날 지경인데 오히려 이웃 집 부부싸움이 청량제를 마신 듯 정신이 번쩍 들었다.

무슨 일로 언성을 높이는 걸까. 귀는 아랫집을 향하고 있었다. 남의 싸움에 흥미로워하는 내 자신이 좀 우습다는 생각을 하면서도 어쩌면 내면으로부터 솟아나는 나의 불만이 그들에게 얹혀지기를 바라는지도 모른다. 입 밖으론 낼 수 없는 말들을, 가슴속에 꾹꾹 눌러놓고 한숨짓던 가슴앓이를 토해내지 못한 내 대신 쏟아내는 다툼에 대리만족을 하는 스스로에게 웃음을 흘리며 아랫집 부부의 목청이 점점 커지기를 기다린다.

창문을 열고 고개를 길게 내밀어 본다. 또렷이 들리는 다툼의 소리로 주제를 알고 싶어서다. 스스로 생각해도 염치없는 짓임이 분명한데 멈출 수가 없다. 내가 지르고 싶었던 소리들이었다. 내가 퍼붓고 싶었던 아우성이었다. 통쾌하다. 속이 시원하기까지 하다. '쨍그랑' 유리그릇의 몰락이 천장을 뚫고 밀려온다. 아, 힘이 빠지기 시작한다. 만족을 느낀 뒤 오는 허탈감일까.

안정된 생활 속에서도 이따금 다른 이의 함성을 들을 때 웅어리져 있던 덩어리가 부서져 내리는 것을 느끼곤 한다. 아랫집 전쟁은 막을 내린 듯 조용해졌다. 별안간 정적이 흐르는 밤공기가 싸늘하다. 나는 덤으로 소리 없는 전쟁에 합세하여 내 아우성을 토해내고 있다.

겨울을 기다리는 남자

　앞산에 울긋불긋 단풍이 한창이다. 이제 곧 고운 옷을 벗어버릴 시간이 얼마 남지 않음을 아는 듯 한껏 아름다운 자태를 뽐내고 있다. 가을 끝의 미련을 가득 품어 안은 나무들, 마지막을 처연하게 버텨내는 모습이다.

　아버지의 방문을 열었다. 텔레비전 위에는 여전히 투박한 밍크 모자가 놓여있다. "아버지 모자 넣어두세요. 아직 멀었어요."

　"응. 그냥 둬. 금방 추워질 텐데… 뭘."

　나와 아버지의 이 대화는 수십 일이 지나도록 계속되었다. 늦여름부터 꺼내 티비에 올려놓은 모자는 겨울을 기다리며 얹혀있는데 나는 그 모자를 장 속에 넣어두고 싶지만 아버지의 고집을 꺾을 수가 없다.

오래 전 남편이 모스크바를 다녀오면서 장인에게 선물한 밍크 모자는 90년대 초에는 희귀한 물건이었다. 여인들의 것이 아닌 남성의 모자는 구경거리가 되는 시절이었다. 아버지는 선물을 받아 든 순간 그동안 쓰고 다니시던 수달피 모자를 내리고 밍크모자 애호가가 되셨다.

모자를 선물 받으신 아버지는 사위 자랑이 가슴에 넘치도록 하나 가득했다. 공원 어르신들과 대화도 거의 밍크모자뿐이었다. 이마에 송골송골 땀이 배어도 모자를 벗지 않으셨다.

가을이 퇴색해질 무렵이면 아버지 머리 위에는 으레 밍크모자가 올라가 있었다. 모자를 쓸 만한 날씨가 아닌데도 머리가 시리다고 하시는 아버지. 초겨울이라지만 바람도 없고 그리 차지 않아 털모자를 굳이 쓸 필요가 없는데도 아버지는 매일 모자를 쓰고 공원으로 출타하셨다. 외출에서 돌아오신 후에는 모자에 빗질을 하시고 티비 위에 반듯하게 올려놓으셨다. 어린아이와 같은 행동에 식구들은 웃어넘기지만 아버지는 매우 진지하셨다.

아버지에게 나는 단 하나 피붙이다. 평생 당신의 가슴 깊은 곳에 딸을 담아놓고 사셨다. 그런 아버지를 알면서도 짐짓 모른 체하는 내 속마음은 늘 편치 않았으나 내 딴에는 오래도록 모실 생각으로 아버지를 무관하게 대하면서 내 스스로를 단련했다. 나이가 드신 분들은 거의 어린아이처럼 변화하기에 지나친 공경만이

효가 아님을 알기 때문이다. 내 아이들과 별다르지 않게 평범하게 대하며 지나친 관심에서 자유하였고 홀로 서시도록 독려해 드렸다.

"오늘 아침 춥지?" 방문을 열고 나오시며 날씨부터 물으시는 아버지, 추워졌기만을 기다리시는 그분 앞에 춥지 않다는 대답하기를 망설이며 눈시울을 붉힌다. 마치 설날이 오기를 고대하며 새로 해놓은 설빔을 꺼냈다 넣었다 하며 날들을 세어보던 어릴 적 내 모습처럼 아버지는 언제나 겨울을 기다리신다. 아버지의 겨울은 결코 춥거나 쓸쓸하지 않았다. 겨울은 그분의 가슴에 기쁨이 가득하여 설레는 계절이었다.

앞산에 하얗게 눈꽃이 피었다. 이제 아버지가 아끼며 소중하게 여기시던 밍크모자가 주인을 잃고 장 속에 덩그렇게 놓여있다. 가뜩이나 두상이 크신 아버지가 귀마개까지 달린 두툼한 밍크 모자를 쓰고 빠른 발걸음으로 차에 올라타시는 모습이 생생하다. 28년간을 함께 지내오시는 동안 딸에게 어떤 폐라도 끼칠까 봐 늘 노심하시던 아버지의 깔끔한 성격이 때로는 부담스럽고 짜증이 나다가도 차츰 아버지의 깊은 사랑을 가슴에 새기며 감사함과 연민으로 받아 안는다.

모자를 꺼내 빗질을 해 본다. 털의 보드라운 촉감이 나를 향한 아버지의 깊은 사랑이라고 다시 되새겨 본다.

도화지 속 세상

    다섯 살 난 손자가 방바닥에 엎드려 그림을 그리고 있다. 달이 지난 달력 한 장을 뒤집어 놓고 배를 깐 채 무엇인가를 열심히 그린다. 한참 후 손자는 "할머니, 나 기린 그렸다." 제 스스로 생각해도 대견한 듯한 얼굴로 그림을 내 앞에 내민다. 과연 다섯 살 박이가 어떤 그림을 그렸을까 하고 보는데 생각보다 꽤 잘 그렸다. "어 정말 잘 그렸네…. 요엘이가 그림을 잘 그리는 구나." 나는 손자에게 진심으로 칭찬을 해 주었다. 두 뺨이 발그레지면서까지 자신만만한 표정이다. 솜털이 보송보송한 예쁜 손자의 얼굴 속에 내 어린 시절이 되살아난다.

    어렸을 적 나도 그리기를 좋아했다. 빈 종이만 보면 무엇인가를 쓰고 무얼 그렸는지도 모르는 그림을 그려서 아버지께 보이며 으

쓱거렸다. 아버지는 항상 그런 내게 그림공부를 시키고 싶어 하셨고 헌 책사를 찾아가 오래된 화첩을 몇 권이고 구해 오셨다. 외국 화가의 그림이 수록된 화집을 펴 보이시며 그 중에서 골라 그리게도 하셨다. 지금 같으면 학원에 보내면 될 일이지만 내가 어릴 땐 그림공부를 맡아 지도할만한 곳이 없었다.

한석봉 천자문 사본을 구해다 붓글씨도 매일 쓰게 하셨던 아버지는, 아직 여물지도 않은 딸에게 큰 기대를 가지시고 마음이 바빠 하셨으나 그분의 생각과는 달리 내가 그리는 그림은 언제나 내 얼굴뿐이었다. 인물을 그리는 화가가 되려느냐며, 여러 가지 그림을 그려봐야 한다고, 얼굴만 그리는 딸을 못마땅해 하셨지만 나는 매일 다른 나만을 그렸다. 눈망울이 크고 입이 앵두처럼 도톰하고 눈썹이 초승달처럼 예쁜 나를 그렸다. 가장 귀엽고 아름다운 얼굴의 나를 상상하면서. 내 얼굴만을 그린 도화지는 차곡차곡 쌓여만 갔다.

어느 날, 아버지는 대구신문에 실린 '세계아동 미술 공모'가 있다는 소식을 듣고 오셨다. 난 그때 비로소 내 얼굴을 그리는 습작에서 벗어났다. 그리고 수령이 아주 오래 된 느티나무 밑에서 장기 두는 노인들의 한유를 그렸다. 한여름 매미 여치가 울어대는 한가로운 오후의 시골 정경이었다. 오직 자신의 얼굴만을 그리던 솜씨로 할아버지들의 표정을 세밀히 잘 그렸다며 아버지는 칭찬을 아끼지 않으셨다.

아버지는 그림공부를 시킬 마음을 단단히 하시는 듯 했지만 끝내 그분의 염원을 이루어드리지 못했다. 그 후로 풍경이나 정물을 즐겨 그렸고 전공은 하지 않았지만 지금까지도 화랑을 자주 찾는 편이다. 어쩌면 그 꿈 많던 도화지 속 세상이 나를 이 자리에 있게 해준 게 아닌가 싶다.

누구나 한번쯤은 도화지 속 하얀 세상을 동경하며 유년의 꿈을 그려보았을 것이다. 자신만의 세상 속으로 들어가 되고 싶은 인물이 되어 때 묻지 않은 새하얀 우주에 오색 칠을 하며 하고 싶은 일을 마음껏 누리고 싶을 것이다. 언젠가는 동화 속 왕자와 공주처럼 백마를 타고 아름다운 숲속을 달려보기도 하고, 어느 때는 백만장자가 되어 부러울 것 없는 삶을 살고 싶어 하고, 무한한 상상의 날개를 펼쳐 어느 곳이든 마음껏 날아다니고 싶은 생각에 사로잡혀도 본다. 나 또한 새 하얀 도화지 속에 숨어있는 아무도 모르는 세계, 잊을 수 없는 동경의 영상 속에 내 존재를 그려 넣으며 유년기를 보냈다.

손자는 몇 시간째 엎드려 동물들을 그린다. 노란 공룡과 파란 사자와 빨간 기린도 그린다. 초식공룡과 육식공룡을 그려놓고 강한 자와 약한 자에 대하여 내게 열심히 설명을 한다. 아이의 순진하고 작은 마음 가운데 세워놓은 거대한 세상 속에서 이제 막 바깥세상을 배우고 있는 중이다.

　미지의 이야기들이 숨어있는 곳, 푸른 숲처럼 청청하고 맑은 세상을 살아 갈 아이다. 꿈이 자라나는 환상의 도화지 속 세상에 살고 있는 아이가 부럽기만 하다.

주머니 속 사랑

모교 행사에 참석을 했다. 참으로 오랜만에 밟아보는 정다운 교정과 뜰, 수년 동안 밟고 다녔던 곳곳들이 너무도 많이 변하여 오히려 생소하다. 그 시대 풋풋한 정신이 깃들어 있는 나의 온 우주가 되었던 먼 학창 시절을 되새겨 보았다.

기숙사 선관 208호, 아침마다 나는 구두 수거를 하며 마치 구두 닦이가 된 것처럼 선배와 친구들의 구두를 닦았다. 새마을 '소년의 집'에서 공부를 가르치는 아이들 중 구두 닦는 꼬마들에게 방법을 익힌 덕에 내가 닦는 구두는 슈샨 보이 저리 가라 할 정도로 멋지게 빛났다. 이른 아침이면 내 방 앞에는 보통 대여섯 켤레의 신들이 가지런히 놓여있다. 진흙이 묻어있는 것, 닦지 않아 찌든 것, 광이 죽어있는 것들이 수줍은 듯 내 손길을 기다리고 있다.

어느 날 사감선생님이 당신의 구두를 들고 오셨다. 굽이 낮고 끈을 매는 검은 구두였다. "내 구두도 닦아줄래?" 하시며 굵은 실로 멋지게 짠 손뜨개 스웨터주머니에서 단감과 사과를 건네주셨다. 나는 사감님의 깊은 정을 가슴에 받아 안았다. 주머니가 불룩하게 가져오신 과일은 그 무엇과도 비교할 수 없을 정도의 감동이었다.

나는 정성껏 열심히 닦았다. 구두약을 발라놓고 잠시 말린 후 솔로 닦아내는 구두는 차츰 변모하기 시작했고 마지막 침을 탁탁 뱉어 반짝반짝하게 윤을 냈다. 선생님께서는 깨끗해진 구두를 신고 이리저리 걸어 보시며 환하게 웃으셨다. 룸메이트 선배언니들도 내가 닦아준 멋진 구두를 신고 클래스로 향했다. 구두약이 잘 지워지지 않아 손톱 밑이 까만 채로 부지런히 클래스로 가는 아침은 얼마나 즐겁고 상쾌한지 발걸음도 무척 가벼웠다.

사감선생님께서는 내게 자주 구두를 맡기셨다. 그때마다 통통한 밤과 곶감과 과일을 주머니에서 꺼내 주시고 인자한 미소를 띠시며 "어이 슈산 걸⋯." 하고 내 어깨를 토닥여 주셨다. 나는 더욱 신바람이 나서 다음 날도 그 다음 날도 여러 켤레의 구두를 닦고 빛나는 구두들을 바라보며 흐뭇해했다. 다른 사람보다 일찍 일어나 구두와 만나는 아침이 이렇게 즐거울 수 있다니, 나는 늘 행복했고 보람 있는 나날을 보냈다.

'소년의 집'에 수업이 있는 날, 아이들에게 구두 닦는 또 다른 비법을 챙겨 물었다. 한 꼬마가 잔구멍이 촘촘한 나일론(낙하산 형겊) 조각을 주면서 더욱 윤기를 내게 하는 것이라고, 그 형겊으로 마지막 마무리를 하라고 일러주었다.

기숙사의 겨울은 쓸쓸해지기 시작했다. 방학이 되어 지방 학생들이 거의 고향으로 내려가면서 나는 구두와 만나는 횟수가 줄어들더니 아침에 할 일이 없어졌다. 그래도 사감선생님의 구두를 닦을 수 있어서 조금은 위로가 되었다. 몇 명 남지 않은 기숙사 복도는 스산하고 찬바람이 휘돌았다. 6·25전쟁으로 피난을 갔던 천안에 본가가 있어 방학이면 가야 하는데도, 종로에 있는 클래식 감상실에 다닐 생각으로 나는 꾀를 부리며 기숙사에 남아있었다.

그러면서 사감선생님과 자주 식사도 하고 학교 앞 찻집에 나가 차도 마시며 정을 나누었다. 방학이 끝나가자 학생들이 돌아와 사감선생께 고향선물을 한 아름씩 가져오면 그때마다 선생님은 주머니가 늘어질 정도로 곶감과 과실들 그리고 약식과 인절미를 양쪽에 매달고 오셨다.

선생님의 주머니 속에는 크나큰 사랑이 하나 가득 채워져 있었다. 사랑으로 가득 채워진 스웨터의 주머니가 점점 늘어졌는데 마치 아기가 젖을 빨아 늘어진 엄마의 젖가슴 같아서 콧등이 시큰해지곤 했다.

학교를 방문한 김에 옛 기숙사를 찾았다. 바로 옆에는 다른 건물이 들어서고 새 기숙사는 다른 곳에 멋있게 신축되어 있었다. 비록 낡기는 했으나 내 어릴 적 꿈을 키웠던 오래 전 기숙사 앞에서 잠시 서본다. 앞마당 우람한 나무 밑에서 환하게 웃으시는 사감선생님과 선배언니들, 구두를 들고 뛰어다니던 내 모습… 등 그때의 기억들과 설렘, 그리움이 두 팔을 벌리고 내게 다가오고 있었다.

스웨터를 걸친 사감선생님이 양쪽주머니에 불룩 사랑을 넣고 손짓을 하고 계셨다.

우렁 부모

  몇 해 전 친구가 살고 있는 경기도에 간 적이 있다. 서울과 인접해 있어서인지 근교에 나와 있는 느낌이 들었다. 말이 시골일 뿐 시골이라는 생각이 전혀 들지 않는다. 펼쳐져 있는 논과 밭을 보고서야 농사를 짓는 곳임을 알 수 있을 정도이다.

  친구와 좁다란 논두렁을 걸으며 넓은 들판에 서서 불어오는 시원한 바람을 맞으니 답답하던 가슴이 확 트이는 것만 같다. 마침 추수가 다 끝난 후라 황금빛 벼이삭들은 볼 수 없었지만 그래도 수확의 뿌듯함을 알 것 같았다. 그런데 무심코 내려다 본 논바닥 고여 있는 물속에서 무엇인가 꼬물거리는 게 보였다. 친구와 나는 신을 벗어 들고 논으로 들어갔다. 뭉글뭉글한 논흙이 발바닥에 닿는 미끌미끌한 촉감을 참으며 흙을 파 헤치자 딱딱한 물체가 손에 잡힌다. 달팽이와 흡사한 우렁이였다. 손으로 건드리자 단단한 방패 속에서 꼼짝을 하지 않는다. 우리는 소매를 걷어붙이고 우렁이를 잡기 시작했다. 다슬기나 소라와 함께 식용으로 쓰인다고는 해도 나는 아직 우렁이를 먹어 본 적이 없다. 옷에 흙을 묻혀 가며 꽤 여러 마리를 잡아가지고 돌아 왔다. 친구 어머니가 된장을 풀고 우렁이찌개를 끓여 저녁상에 올려놓았으나 나는 한 수저도 뜨지 못했다.

우렁이는 고귀한 생물이라는 얘기를 어려서부터 들은 기억이 난다. 우렁이는 예부터 새끼에 대한 헌신적인 희생은 사람과 늘 비교 대상이 되곤 하였다. 달팽이과에 속하는 것으로 다슬기와 소라, 고동 그리고 우렁이를 들 수 있는데, 그중에도 새끼를 향한 맹목적 희생에 대하여 우렁이를 꼽는다. 연하디 연한 속살을 새끼에게 다 파 먹이고도 묵묵히 자신의 마지막을 감내하는 어미의 사랑은 무엇과도 비교가 되지 않는다고 한다. 속살이 파 먹혀 빈 껍데기만 남은 우렁이가 논바닥 물고랑을 따라 둥둥 떠내려가면 새끼들은 "엄마가 물놀이 한다."며 좋아라고 손뼉을 치며 깔깔거린다는 말은 늘 불효자식을 비유하는 말로 전해져 왔다. 얇은 껍데기가 물위로 흔들흔들 떠내려가면서도 어미는 남은 새끼들을 염려하는지도 모른다. 내가 어렸을 적에 할머니는 이웃집 망나니 아들을 두고 우렁이새끼 같다고 하시던 말씀대로 사람과 우렁이의 비유는 어쩌면 그렇게도 적절할까 싶다.

우렁이의 서글픔을 어찌 알 수 있을까. 새끼에 대한 사랑은 어느 생물에게나 다 있지만 유난히 우렁이 얘기는 사람들의 마음을 촉촉이 적셔 주는 것 같다. 나는 우렁이를 생각하면서 이따금 자식이란 무엇일까, 자식의 생각은 왜 그렇게도 이기적이어야 하는가 생각에 빠지곤 하는데 그때마다 내 자신이 못마땅하고 회의마저 느낀다. 그럴 때면 '내리사랑'이라는 말로 합리화를 시켜보지만 어불성설이다. 나도 자식이었고 내 부모님도 자식이었다. 시대적으로 자식의 의미는 그때마다 양상이 다르겠지만, 부모가 자식을 사랑하는 마음은 영원불멸하다. 요즘 백수가 되신 아버지의 무남독녀인 나 또한 옛날 그 시대의 자식 개념은 이미 아니지 않는가. 가장 기본적 도리로 행해지는 부모 섬김은 효라기보다는 천륜에 대한 기본책임의 행위가 아닐는지.

우렁이의 세계, 그것은 신기하고 경이롭다. 새끼가 파 먹고 또 먹어서 단단한 껍데기마저 얇은 종잇장처럼 된 우렁이, 뻥 뚫린 몸뚱이를 물살에 내맡긴 채 떠내려가는 어미의 희생을 어찌 따를 수 있을까. 언젠가 우렁이에 대하여 시를 쓴 적이 있는데, 그 시구에도 우렁이의 연민을 노래했다. 가벼운 통증을 느끼며 나는 그 시를 써 내려갔다. 그러면서 부모의 위치에 와 있는 내 자신에게 다짐을 한다. 나만은 아이들한테도 보상심리를 거두고, 마음을 접어 전근대적 관념에서 자유로워지리라.

사람은 본능적인 애정으로 자식을 키우지만 훗날 자식에게 당연한 것으로 보상을 요구한다. 그래도 요즘은 부모들의 의식이 달라져서 스스로 노후를 준비하기도 하고 자식에게 지나친 부담을 주지 않으려는 변화가 있기는 해도 아직은 소수이다. 이런 것을 미루어 볼 때 사람을 한 생물과 비교할 수는 없으나 우렁이의 짧은 생은 새끼를 향한 희생으로 끝을 맺으니 더욱 연민이 인다.

방학이 되면 아이들이 모여들 것이다. 이번에는 무엇인가 어미의 다른 면모를 보여줄 생각에 골몰한다. 그애들을 대할 때 대범하고 조금은 냉정하다면 어떻게 받아들일까. 늘 부모는 짝사랑만 하다가 떠난다는 할머니 말씀이 근래 들어 뼈에 사무치도록 실감이 가기에 한 톨도 남기지 않고 마음을 비우겠다고 결심을 한다. 그래야만 아이들이 우리 품에서 벗어나 배우자와 자식을 위한 자신의 삶을 잘 살아갈 수 있을 거 같아서다.

사람에게는 뜨거운 감정을 표현해야 하고 생각할 수 있는 지혜가 있어서 때로는 비애로 이끌기도 한다. 묵묵히 감내하는 우렁이처럼 될 수는 없기에 자식 때문에 서글퍼하고 괴로워하며 소외된 마지막 생을 이어가게 되는 것이 아닐까. 아무것도 모르는 듯 물살에 밀리며 어디론가 떠내려가는 우렁이 생각에 마음이 쓰이는 것은 그저 예삿일만은 아닌 것 같다.

축(軸)

　충청도 지방에 간 김에 장수(長壽)라는 마을을 찾았다. 이곳은 1·4후퇴 당시 피란을 갔던 곳이다. 일행에서 빠져나와 버스를 타고 한참을 들어가면서 감회에 젖어 가슴까지 설렜지만 전혀 알아볼 수 없이 마을이 변해버려 실망을 하면서도 한두어 곳 낯익은 것들이 무척 반가웠다.

　저만치 모터를 단 수레가 오고 있다. 바라보고 있자니 그때에 우마차에 올라타고 좋아했던 내 어릴 적 모습이 떠올라 새삼 감개무량했다. 60여 가구가 사는 이 동네는 거의 농가가 대부분으로 짚으로 엮어 올린 초가지붕이 매우 인상적이었고, 소가 끄는 쟁기와 볏짚을 탈곡하는 탈곡기와 보리나 밀 콩깍지를 내려쳐서 타작하는 도리깨도 신기했다. 교통수단으로는 유일하게 소달구지와

수레가 전부였는데, 마차를 탈 때마다 가느다란 바퀴가 기웃둥
거리면서 자갈길과 흙길을 잘 굴러가는 게 흥미로웠다. 무거운
짐을 싣고 여러 사람이 올라타도 흔들리지 않고 바퀴는 잘도 굴렀
다.

　수레를 처음 경험해보는 나는 궁금한 게 한두 가지가 아니었다.
바퀴를 자세히 들여다보니 바퀴 중심에 가느다란 살들이 꽂혀있
었고 그곳에 매달린 살들은 중앙 둥근 쇠에서 힘을 받고 돌아가는
것 같았다. 수레에 올라타고 시골 오일장 구경을 갈 때는 늘 바퀴
에 비밀스런 신비가 감춰져있는 것처럼 여겨졌다. 궁금해 하면
어른들은 "축이라는 게 있어서 잘 구르는 거란다."라고 대답해 주
셨다.

　몇 해 전 캄보디아 앙코르와트를 관광한 적이 있었는데, 그곳의
건축물들은 이미 수백 년 전 공법으로 만들어졌다는데도 벽돌을
쌓아올린 어느 한 부분마다 돌을 깎아 만든 돌못이 박혀 있었다.
벽돌담의 건조나 습기에도 견고하게 유지될 수 있도록 균형을 잡
아준다는 돌못, 바로 축의 역할임을 가이드는 알려주었다. 세밀
히 살펴보니 거대한 돌기둥과 벽면 여러 군데군데에도 빠짐없이
돌못이 박혀있는 것을 볼 수 있었다. 그 시대에 이미 그렇게 신묘
한 공법이 있었다니 놀랄 일이었다. 거대한 빌딩과 끝이 보이지
않는 성곽들, 하늘을 돌파하는 우주선과 모든 문명기구들마다 어

딘가에 박혀있는 축의 힘이 있음이었다.

신문에서 이라크 한국인 참사를 읽었다. 아내와 자식이 만류하는 것을 뿌리치고 이라크 건설현장으로 떠났던 아버지가 유명을 달리했다. 마치 수레바퀴에 축이 빠져버린 것처럼 아내와 자식의 받침대가 되었던 가장을 잃었다. 석가래가 무너져 내리고 주춧돌이 튕겨져 나온 듯 가정은 균형이 깨지고 말았다.

수레의 축이 있듯이 가정에도 가장이라는 축이 있다. 축을 중심으로 부모님과 아내, 자녀들이 바퀴의 살처럼 한 곳을 향해 꽂혀 있다. 화목과 평화 가운데 웃음이 그치지 않고 행복할 수 있는 것은 가족의 버팀목이 되는 든든한 가장이 중심이 되기 때문이다.

곳곳에 많은 노숙자들, 그들은 각 가정의 축이었지만 직장을 잃고 소외당하여 제자리를 잃었다. 가족에게조차 말할 수 없는 고뇌와 번민을 부여안고 방황하고 있다. 어디든 갈 곳이 없고 반겨주지도 않는다. 일자리를 찾아 헤맸으나 하루의 노동조차 차례가 오지 않는다.

가족과 함께 솟아오르는 해를 맞이하던 신년의 감격도 무의미했다. 어떤 일이 일어나든지 가장과는 상관이 없다. 무기력과 상실감에 싸인 채 하루하루를 연명할 뿐이었다. 가장의 존재나 부재는 아무 의미도 없어진 채.

축은 있을 자리에 꽂혀있어야 한다. 단 0.1mm의 오차만 있어도 중심이 흔들리고 무너지고 만다. 빠질 듯 뒤뚱거리며 굴러가는 수레바퀴가 예사로 보이지 않는다. 방향을 잃고 방황하던 축이 제 자리를 찾아 꽂힐 때, 비로소 여린 살들은 견고해지는 것이다.

촛불이고 싶다

시청 앞 촛불시위를 보면서 꺼질 듯 한 가닥 불꽃의 위력이 얼마나 대단한지를 실감한다. 엄숙하고 장엄하기까지 한 촛불의 행렬…. 한마디의 말도 필요 없는 침묵의 시위, 화면을 통해 보는데도 이렇듯 감동이 이는데 함께 한다면 어떨까싶다. 스스로 몸을 태워 빛을 발하는 무언의 교훈을 깨달으며 한동안 눈을 고정시킨다.

사람과 사람이 살아가는 데는 서로 더불어 가야 하는 게 순리다. 웃자란 나뭇가지를 잘라내듯 매몰찬 관계는 오래도록 보듬어가기가 어렵다. 서로서로 어깨동무라도 하면서 살지는 못해도 서로를 존중하고 인정하며 살아야 하는 게 아닌가.

초가 흘리는 뜨거운 눈물만큼이나 자신을 태워 누군가에게 밝음을 주고 있는지, 서로 부대끼는 삶의 행로에서 누군가를 위해 내 마음을 진정 태워본 적이 있는지, 언제나 대접 받기만을 바라고 자신의 이익만을 위해 살고 있지는 않는지, 헌신과 사랑을 주장하면서도 단 한 번 스스로 뛰어들기를 두려워했던 지난 세월을 돌이켜 촛농으로 내려앉는 낮음의 의미를 되새겨 본다.

내가 낮아짐으로 모두가 편할 수 있다면 그보다 더 큰 보람이 어디 있겠는가. 이따금 촛불을 켜야만 할 분위기 있고 기쁜 날, 우울한 날, 여러 개의 초에 불을 붙이며 생각해 잠겨든다. 어두운 곳을 밝혀주는 작은 빛이 될 수 있다면, 그러나 이런 삶이 얼마나 힘들고 어렵다는 것을 알기에 그저 아름다운 불꽃으로만 바라볼 뿐이다.

심지에 붙인 불꽃은 어두운 내 마음속에 불을 밝히려는 듯 세차게 피어오른다. 비록 여리고 작은 불꽃이지만 강하고 부드럽다. 끄지 않는 한 마지막 순간까지 제 몸을 태우는 강한 의지와 희생이 엿보인다.

어느새 산에는 눈가루를 뿌려 놓은 듯 아카시 꽃들이 하얗게 뒤덮여 있다. 나무는 이 계절에 꽃으로 잎으로 제 몸을 드러낸다. 마치 대지에 촛불을 켜놓은 것처럼 우리의 마음을 환하고 따뜻하게 해준다.

안이한 생활을 찾기보다 자신을 혹사하더라도 타인을 위해 내

한 몸 바칠 수 있는 그런 촛불이고 싶다. 가녀린 광채를 발하여 혼신을 다하는 그런 삶, 알아주지 않아도 튀어나지 않아도, 낮은 모습으로 조용히 녹아내리는 촛불이고 싶다.

오늘 촛불로 녹아 스러진 분이 계시다. 음악계 예술가에게 베푸시고 길러주신 대부이시다. 음악을 사랑하고 음악인들에게 촛불이 되어 길을 밝혀주시고 품어주시던 분, 자신의 몸을 녹이지 않고는 되지 않는 살신성인의 모습으로 살아오신 분이다. 가녀린 듯 흔들리는 불꽃은 외유내강의 힘이 내재되어 있는 바로 촛불, 그분이다.

촛불의 행렬, 그 뒤를 따라 걸어본 기억이 난다. 무언의 시위, 침묵의 대화가 불꽃마다 많은 이야기를 쏟아내는 듯 엄숙한 분위기를 만들어낸다. 촛불의 밝기는 미미하고 불꽃은 약해 보이나 설득력이 있다. 본향을 향해 갈 때까지 빛을 발하는 인생 안내자이다.

심안의 정원에 사랑을 듬뿍 담아 촛불을 켠다. 자신의 몸을 녹여 얼어붙은 가슴을 녹여주고 어루만져주는 불꽃처럼 촛불이고 싶다.

순간의 후회

딸아이가 교통사고를 당했다는 소식을 듣고 급히 포항에 내려
왔다.

다행스럽게도 차가 두 바퀴를 구르고 뒤집혔는데도 아이들은
무사했고 딸애도 검사결과 타박상만으로 몇 군데가 결릴 뿐이라
고 한다. 천행이 아닐 수 없다.

딸네가 살고 있는 곳이 한적한 곳으로 원래 도로는 넓지만 차들
이 드문드문 다니기에 차 사고란 생각지도 못했다. 딸애가 놀라기
도 했고 또 병원 물리치료를 받게 할 생각으로 며칠간 머물기로
했다. 딸애는 잠깐씩 잊고 있다가도 순간 깜짝깜짝 놀라는 게 교
통사고의 후유증을 앓고 있는 것 같아서 매우 염려가 된다.

딸 내외는 사고현장 검증을 하기 위해 외출하고 손주들은 저희

끼리 조용히 놀고 있다. 나는 딸 내외가 쓰는 방으로 들어가 TV를 켰다. 문득 서랍장 위에 가지런히 놓여있는 여러 개의 사진틀이 눈에 들어왔다. 아이들 사진과 캐나다 사돈댁 식구와 사촌들 사진이며 사위의 친구들 사진까지 아름답게 죽 펼쳐져 있다.

나는 별안간 억제할 수 없는 서운함이 밀려들었다. 친정 쪽 가족들 사진은 한 장도 없다니, 아이들 유학시절에 가족사진을 찍어 저희들 간수하기 좋은 사이즈로 만들어 보내주었는데, 그 사진만이라도 함께 놓아두었다면 이렇게 섭섭하지 않았을 텐데 하는 마음이 든다. 순간의 감정이 변화를 일으켜 편안하던 마음이 평정을 잃기 시작한다. 나는 머리를 세게 가로 저으며 생각을 바로 잡는다. 그러면서 오래 전 몇 년에 한 번씩 찍는 가족사진에 번번이 문득 내 친정아버지가 빠져있던 것을 떠올렸다.

아이들이 많다보니 가족사진을 찍는 날은 난리도 아니었다. 머리 빗기랴 옷 골라 입히랴 나가있는 아이 불러들여야 하고 떼쓰는 놈 혼내고 달래면서 법석을 떨고 나서야 사진관엘 도착했다. 그런 와중에 밖에 나가계신 아버지 생각은 어느 누구도 하지 못했다.

사진을 거실에 떡 걸어놓고도 사진 속에 아버지가 빠져있다는 걸 의식도 못한 채 몇 년을 보냈다. 아버지가 거실에 나와 계실 때마다 마주 바라보셨을 사진틀, 그 안에 아버지의 자리가 없음을 아시면서도 아무 말씀 없으셨던 그 속마음을 상상이나 하겠는가.

그랬던 내가 딸아이 집에 잠깐 와 있으면서 지금 이 상황이 뭐가 그렇게 서운하다고 할 것인가.

신은 자녀를 선물로 보내주고 십 수 년 동안 감사와 환희에 젖어 살도록 해 주었다. 아이들로 해서 울고 웃고 기쁨을 맛보게 해주었다. 그들이 날개를 펴고 날아갈 즈음 부모는 아이로부터 서서히 비켜서야 하고 내 자식이라는 소유개념에서 벗어나야 한다.

내 손 안에서 바람에 날릴까 부서질까 크리스털을 만지듯 애지중지하던 사랑을 그들의 아이들에게 보내도록 독려하고 배려한다. 서운한 감정도 괘씸스런 행위를 볼 때도 그럴 수 있다고 넘길 때에야 비로소 그들은 우리에게로 다가서는 것 같다.

아파트 밖으로 나왔다. 시원한 바람이 솔 향을 가득 싣고 뺨을 스치며 지나간다. 눈앞이 확 트인 숲의 풍경이 한 폭의 그림이다. 나무들의 수런거리는 소리들, 끝없이 높은 하늘, 찬란한 햇빛에 내 편협한 속내를 다 씻어내며 깊은 심호흡을 해본다.

딸애가 차 사고로 놀랐을 일을 잠시 잊은 채 짧은 시간이지만 그 아이들에게 품었던 섭섭함을 털어버린다. 저 광활한 자연을 앞에 두고 서운한 생각에 빠져있던 내 모습이 티끌만 하게 여겨진다.

괜한 편견

당일 여행을 떠났다. 동승한 안내 작가는 안동 하회마을을 포함한 그 일대의 명소에 대하여 설명을 해준다. 버스를 타고 가며 하회마을에 대하여 대강 인지를 한 셈이다. 영국 여왕이 다녀갔다는 하회마을, 그래서 더욱 흥미가 생기나 보다.

경북 안동의 하회(河回)마을에는 강을 바라보면서 건너편에 둥근 바위산이 솟아있다. 이 바위산을 부용대(芙蓉臺)라 하는데 바로 연꽃 봉오리모양을 한 동산이기 때문이다. 둥근 봉우리가 잔잔한 강물에 어리면 또 하나의 연꽃이 물속에 잠겨 그윽한 정취를 자아낸다. 옛 선비들의 뛰어난 심미안으로 본 자연미라 할 수 있다.

작가는 세세하게 하회마을의 여러 상황을 알려준다. 도산서원이 있는 도산면 토계리에는 이황(李滉)의 학문과 덕행을 추모하기 위하여 경상북도 안동시 도산면 토계리에 세운 것이라 한다. 유명한 학자의 본 고장임을 확인시키는 학문과 행적을 듣고 읽어보며 늘 말로만 듣던 곳에 당도하니 감회가 일었다.

안동 출신이라며 양반마을에 대한 자긍심이 대단했던 문우를 떠올려 본다. 또 안동 사람과 결혼하여 수십 년을 몸과 마음고생을 했다는 친구도 생각났다. 양반의 근본을 왜곡시켜 남아선호와 가부장을 주장하며 자만에 싸여있는 듯한 하회마을, 그 자체가 부담스러웠고 그곳이 고향인 사람들에게 부정적인 생각부터 가지는 서울 토박이들이 도처에 많은 것도 사실이다. 그분들의 안티인 셈이니 안동 신랑이라면 자연히 혼사에도 머리를 내젓게 된다.

남아선호 사상이 뿌리 깊이 내려 있는 구습은 현대사회에서 배제되어야 할 것이지만 안동만의 자랑이요 자존심의 근원으로 뿌리 내린 선조들의 대쪽 같은 품성은 지금까지도 지속되어 여인들은 외로움과 고통을 감내하면서 생을 이어가고 있는 듯 보이는 것이 혹 나만의 착각은 아닐까.

딸아이가 여럿 되다보니 어찌 알았는지 중신하려는 부인들의 전화가 자주 걸려오곤 한다. 경상도 태생이 많기도 했지만 그중 안동 총각 얘기는 특히 여인들이 인고의 아픔을 겪는다는 통계를 보면서 딸을 가진 나로서는 외면할 수밖에 없었다.

사윗감에 대한 내 사고가 다를지라도 그곳 사람들의 성품을 별로 좋아하지 않아서였던 것은 아닐까. 그러던 어느 날 내 생각을 바꿔놓는 계기가 찾아왔다. 다섯째 아이가 결혼상대로 데려 온 청년이 안동은 아니지만 역시 경상도 태생이었다. 고교를 울산에서 졸업하고 서울로 와서 명문인 S대를 나와 직장을 가지고 있으니 40프로는 분위기가 바뀐 듯 보였지만 별로 마음이 내키지는 않았다. 그런데 만날수록 성품이 온화하고 유순하며 자상함이 보여 그동안 경직되어 있던 내 마음이 조금은 풀어졌다.

오랫동안 가지고 있던 선입견이 다소 수그러든 어미의 모습을 보며 딸아이의 얼굴은 환해지고 명랑해졌다. 그 후 사돈되실 분들을 만나 뵙고서야 비로소 무거운 짐을 벗어놓은 듯 심신이 가벼워졌다.

하회마을을 돌아보며 그곳의 인심도 보았다. 그곳 사람들의 인성이 온화하고 덕스러운 면도 보았다. 경상도라면 공연한 거부감을 가졌던 내 생각을 다 털어내고 돌아오면서 괜한 편견으로 하마터면 좋은 인품의 친척을 잃을 뻔 했던 일을 떠올리며 이번에 정말 안동 여행을 잘했다는 생각이 들었다.

산그늘도 외로워 마을로 내려온다는 시구가 있다. 물에 잠긴 안동의 한 마을을 떠올리자 이제는 남의 일 같지 않게 가슴이 아려온다.

그분들이 다녀갔나 보다

무더위가 극성스럽다 했더니 연달아 부고가 날아들었다. 통계에 따르면 평균 한여름 사망률이 다른 계절보다 현저하게 높다고 하더니 올 여름에는 연달아 몇 분이 타계하셨다.

수필계의 원로이신 피천득 선생님이 먼 길에 오르신 후 유난히 무더운 올 유월에 유경환, 공덕룡 선생께서 뒤를 이으시더니 김용복 선생도 합류하셨고 시서화(詩書畵)인이며 무용평론가 초개(草芥) 김영태 선생마저 가셨다. 그분들은 무에 그리 바쁘셔서 모두 털어버리고 급히 여행길에 오르셨을까.

작년 내 수필집 표지화를 그려주시고 이어 당신의 시집과 화집, 사진첩을 연달아 출간하시는 영태 선생께 "무엇이 그리 급하세요?" 물었더니 빙긋이 웃으며 "내가 지상(地上)에 있을 때 많이 써

먹어." 하는 것이었다. 선생의 말 속에는 깊은 의미가 담겨있었는데 아둔한 나는 미처 감지를 하지 못했다.

모두 보석 같은 분들이다. 주옥같은 글들만을 남기고 훌훌 바람 타고 가셨다. "삶은 물거품 같은 갓"이라고 뇌이며 헐렁한 바지를 즐겨 입던 초개 선생과 유경환 선생과는 어린 시절 잊지 못할 추억거리가 많다.

경복과 진명이 가까이에 있기도 했지만 두 선배님과는 여고시절 동인회를 함께 했고 영태 선생과는 음악감상회 회원이기도 해서 종로 뒷골목에 있는 르네상스엘 자주 다녔다. 유 선생과는 동인지를 여러 호 만들었다. 학교가 끝나면 누상동 유 선배의 집으로 가 함께 철필로 글을 쓰고 등사판도 밀었다. 유 선배는 성품이 음전한 여인 같아서 유독 내가 많이 놀려먹기도 했다.

초개 선생이 시화전을 열 때면 한두 점 내 것도 걸어주셨고 선생 덕분에 여고 시절을 바쁘게 보냈다. 선생과 연락이 두절된 것은 대학시절부터였고 수십 년이 흐른 뒤 지난 5년 전 대학로 아크로극장(전 문예대극장)에서 처음 만났다. 그만의 특유한 모자를 깊숙이 눌러 쓴 작은 사나이가 유심히 눈길을 주기에 누굴까 하는데, 손짓을 한다. 김영태 선생이 빙긋이 웃는다. 얼마나 놀라고 반가웠던지.

귀국한 다섯째 딸의 첫 공연(삼륜차를 타고)에 평론 위촉을 받고 왔노라고 했다. 세월이 유수 같다는 말을 실감하면서 마주 앉아 허브차를 마셨다. 선생은 여전히 작은 여자 단화를 신고 있었다. 발이 작아 남자 구두는 맞는 게 없어서였다. 그 후부터 딸의 공연이 있을 때마다 빠짐없이 와 주셨고 무용지에 딸의 춤 평론도 여러 번 써주시며 아이를 사랑해 주셨다. 작년 〈객석〉 5월호에 실린 '김영태의 시에라'에는 내 수필집과 딸의 춤에 관한 글을 실어 인사를 많이 받았다. 여고시절의 내 모습과 딸의 모습을 비교 분석까지 하여 한층 흥미를 돋워 주었다.

어느 시인은 초개 선생을 "피상적인 모던보이"라고 말한다. 가장 현대적인 감각과 미를 추구하며 현대를 뛰어넘는 모던보이임에 틀림이 없는 것 같다. 그가 남긴 시집과 무용평론집과 컷류의 그림들은 잊지 못할 소중한 소장품이 될 것이다.

영태 선생 시에라의 한 구절을 소개하고자 한다.

쿠바 민속춤을 보러 갔었다. 객석에 앉아있는데, 어디서 나비 한 마리가 내 옆에 날아왔다. 허 인정이다. 공연장 객석에서 만나면 나는 의자에 앉아있고 나비는 어디서 날아와 내 옆에 쪼그리고 앉는다. 나비는 내 손가락을 잡고 놓지 않는다. 몸이 차가운 늙은이 손에 온기가 돈다. 계단에 쪼그리고 앉은 나비는 "늘 가벼운 美다."

나비는
풀밭을 지나

징검다리를 건넌다
망설임이 잠시 비친다
내 손바닥 안에서
파닥거린다
떨림이 번지다 멎는다

이상한 색깔 같기도 하고
한없이 비치는 조그마한 천같이….

항암 치료 때문에 얼굴이 뒤틀린 나를 인정이가 걱정한다.
"나는 말이다 〈양철북〉에 나오는 젊은 오스카야…. 지랄같이
부풀다 빵떡처럼 꺼지는 오스카란다." 나비가 웃는다. "그게 뭔
데?" 이 사랑스러운 여정.

문화예술계의 거목들이 사라진 서울 곳곳에 그분들의 발자국이
남아있다. 거목들이 내린 우주 한 곳에는 다시 그 옛날 낭만이
출렁거리는 명동 같은 거리가 형성될 것이다. 권련을 길게 물고

흩어지는 연기 속에 시상의 경지로 수필의 세계로 넘나들고 계실 선생들이 그립다. 그곳에는 폭염도 없고 혹한도 없으며 고통과 질시도 모르는 곳. 언제나 예술의 꽃이 만발해 있고 아름다운 음악이 흐르는 새 천지일 것이다.

먼저 가신 옛 지인들을 만나 그간의 안부를 묻고 반가워하며 함께 긴 여정의 우주선을 탈 것이다. 지구상에서 해결될 수 없는 문제들이 모두 해결되는 환희에 젖어 탄복을 하면서. 그러고는 다시 멋있는 문화 예술의 퍼포먼스를 펼칠 것이다.

열대야에 몸부림치다 깨어나니 내 가슴에 발자국이 찍혀있다. 그분들이 다녀갔나보다.

발소리

지축이 흔들린다. 열차를 갈아타기 위해 사람들의 행렬에 끼었다. 이른 아침이라선지 사람들의 표정이 저마다 굳어있다. 갈 길이 바쁜 발소리뿐…. 서로 주고받는 말 한마디 들리지 않는다. 그저 묵묵히 걷는 이들. 이따금 어린아이의 울음소리가 들릴 뿐, 내 발소리는 하염없이 그렇게 침묵 속 적막으로 묻혀가고 있다.

작은 숨소리조차 들리지 않는다. 투박한 구두소리, 가벼운 단화소리, 운동화와 뾰족한 하이힐 소리가 적막을 깨고 있을 뿐이다. 지척거리는 발소리와 급한 일이 있는 듯 허둥대는 발소리, 이들은 모두 어디로 가는 것일까. 저마다 가야할 곳이 있음에 긍지와 책임을 느끼며 걷는 걸음인 것만 같다. 가지 않으면 안 되는 곳이기에 빠른걸음을 재촉한다. 어떤 발소리는 힘없이 질질 끄는 소리, 또 어떤 소리는 군인처럼 씩씩하다. 모델처럼 예쁜 발소리도 들린다.

제가끔 그날의 기분에 따라 맞게 발소리는 다양하다. 이른 아침의 발소리는 대개 힘이 있고 활기차게 대합실을 울린다. 힘이 넘치는 소리다. 나는 그들 틈에 끼어 군인처럼 모델처럼 걸어본다. 내 마음의 소리가 시키는 대로 걸음걸이에 신경을 써본다. 흥미롭다. 마음을 즐겁게 지시가 내리면 발걸음은 산뜻해진다.

걸음걸이는 그 사람의 건강을 가늠할 수 있다. 이렇듯 신경을 쓴다면 젊게 살 수 있지 않을까. 걸음걸이와 신체적 연령은 비례하니까. 어떤 분을 만나 이야기하는 중에 "요즘 난 챠밍반에서 공부를 하거든…" 책을 머리에 얹은 채 스텝을 밟는 훈련을 한다는 것이다. 60대 후반의 나이 지긋한 분인데 장하고 존경스럽다. 나이를 더해갈수록 체격이 변해가고 걸음걸이 또한 달라지기에 여간 신경을 쓰지 않으면 균형이 깨지게 되니까 노력을 해야 한다는 그분의 말을 들으면서 좀 더 깊은 생각을 하게 되었다.

역시 그분은 50대의 몸매와 걸음걸이를 지니고 있다. 굉음을 내며 다음 기차가 들어온다. 앞 사람들의 뒤를 따라 황급히 차에 오른다. 자신을 관리하며 쉴 새 없이 노력한다면 힘이 있고 멋있는 발소리를 낼 수 있지 않을까.

한 발 한 발 걸음을 옮길 때 발소리에는 그 사람의 마음이 엿보인다. 어떤 이는 다시 되돌아와야 하는 그 적막에 목말라하기도 하고, 어떤 이는 다시 되돌아올 수 없는 그 한걸음에 자신의 혼을 담는다. 자신이 내딛는 걸음에 후회를 하지 않기 위해서 난 매일 아침 어떤 발소리를 세상에게 들려주어야 하는지 마음속 또 다른 나와 깊은 대화를 나눈다. 그래 걷는 거야 힘차게.

문득 무대에서의 순간을 떠올려본다. 숨이 막힐 듯하다 긴장감이 엄습한다. 닮고 싶은 이의 걸음걸이를 본다. 세계적인 음악가, 그녀의 걸음걸이는 감동적이다. 모든 이들의 호흡을 멈추게 한다. 58세의 가녀린 체구와 걸음걸이는 그야말로 열정과 아름다움이었다.

지금, 나는 내 안의 어떤 소리에 맞추어 걷고 있는가. 제대로 세상의 보조에 맞추며 잘 걷고 있는지. 늘 생각하며 자세를 바로 하고 긴장하는 가운데 발소리는 탄력을 받고 삶의 활력을 실어주는 것 같다.

이순의 나이에도 힘 있는 발소리를 만들어가려는 의지를 가진 멋진 사람들의 인생철학을 나도 지니고 싶다. 이따금 마음이 울적하고 처질 때 나는 지하철을 타러 간다. 어디든 그 행렬과 동행할 때면 여러 종류의 발소리에 내 지친 영혼은 상쾌하게 업그레이드가 되기 때문이다. 적당히 울려 퍼지는 발소리들, 그 소리는 이상한 마력으로 적당히 충동을 느끼게 하므로.

처지고 기운 없는 내면의 문을 열게 하는 발소리, 그 발소리를 만들기 위해 땀이 나도록 힘차게 열심히 걷는다.

소중한 것 하나

　오늘은 그동안 접고 있었던 일로 하루를 훌쩍 보냈다. 몇 년 전부터 벼르기만 하고 차일피일 했던 사진 정리를 기어이 벌린 것이다.

　남편과 내가 갓 결혼했을 때의 앨범을 펼치자 앳된 남녀 한 쌍이 새 출발하는 모습이 눈에 들어온다. 드레스는 요즘 것과 별반 다르지 않은데, 헤어스타일은 완전히 복고풍으로 어색하기 그지없다. 60년대의 멋있는 결혼식을 한답시고 했던 우리 내외의 그림들이 이제 보니 웃음을 자아내게 한다.

　당시 워커힐이 개관되고나서 제일 먼저 우리 결혼식이 있었기 때문에 화제가 되기도 했다. 가수 김상희 씨와 조선왕조의 마지막 왕손 이석 씨의 축하노래를 들으며 감동의 결혼식을 올렸다. 앨범

속에는 호텔의 현대적인 건축물과 세련된 실내장식, 우리의 꿈 많던 황홀했던 순간이 기억으로 남아있다.

내 학창시절의 사진부터 하나하나 골라 보았다. 그래도 내 것을 먼저 시작하는 게 수월해서다. 배경이 중복되는 것과 비슷한 표정에 포즈까지 살피며 꼭 남겨 두어야할 것만을 골라냈다. 학창시절이 끝나고 사회에 나와 찍은 것들도 어지간해서 골라놓은 사진이 앨범 두어 권은 될성싶다.

누구나 그렇듯 나는 사진 찍기를 유난히 좋아했다. "남는 것은 사진뿐이야."라는 말을 좌우명처럼 가슴에 새기고 기회만 있으면 사진을 찍었다. 새로운 옷을 입었을 때나 머리 스타일을 바꾸었을 때에도 사진에 담았다. 사진이 던져주는 말은 많고 많아서 들여다보고 있노라면 어느새 아름다웠던 그 시절 속으로 깊이 빠져든다. 그런 사진을 골라 없애자니 내 몸의 어느 한 부분을 잘라내는 듯 쓰리고 아팠다. 몇 장씩만 골고루 남겨 간편하게 한 권으로 끝을 냈다.

다음 앨범은 첫 아이를 낳았을 때부터의 사진들로 앨범마다 아이들의 소중한 추억이 서려있다. 어느 것 하나 버릴 것이 없는 소중한 것들뿐이다. 아이들의 앨범을 꺼내 놓으니 어디부터 손을 대야할지 선뜻 시작할 수가 없었다. 한 아이마다 어릴 때 앨범만 대여섯 권씩 되는데 성장기까지 가히 헤아려 짐작할 만하지 않은

가. 미처 앨범에 끼우지 못한 사진들도 한 트렁크는 넘는 것 같다.

큰애가 결혼을 하고나면 앨범이 줄어들까 싶었는데, 아직도 외국생활을 하고 있기도 하지만 저희들 사진첩을 들추다가 필요한 사진 몇 장만을 가져갈 뿐이다. 둘째도 역시 자신의 사진보다는 아이의 사진첩에만 신경을 쓰는 게 공연히 서운한 맘이 든다. 거기다 아이들마다 연주 사진들이 만만치 않아 그 앨범만을 따로 보관해야 하니 생각만 해도 머리가 빙빙 돌 것같다.

집안 대소가 어른들과 친척들의 사진틀을 올려다보며 대청마루를 들락거리던 정겨웠던 내 유년시절은 이제 먼 옛 이야기가 되었다. 내가 귀하게 여기며 수록하고 정리해서 아끼는 여섯 아이들의 앨범은 이제 내 어깨를 짓누르는 짐이 되고 있는 것인가. 늘어나는 사진들 속에서 기쁨보다는 부담이 앞서는데 과연 아이들 중에서 누가 이 사진들을 간직하며 관리를 해줄까 싶기도 하다.

쌓인 앨범들을 건드리지도 못하고 우선 남편 사진을 고르기 시작했다. 소년기와 청년기 시절의 사진들은 앨범 하나로 충분해서 별로 버릴 것이 없어 개운하다.

다음은 가족 앨범 1번부터 펼쳐 본다. 어느 사진이나 남편이 끼지 않은 게 없다. 남편과 아이들의 해맑은 웃음이 햇살처럼 퍼져있는 사진을 차마 떼어 낼 수도 없고 어떻게 분별을 해서 없앨 수 있을까. 이것저것 집었다 놓았다 하면서 시간만 보냈을 뿐,

한 장도 골라내지 못하고 말았다.

사람마다 자신이 특별하게 생각하는 것이 하나쯤은 있다. 그게 어떤 것이든 소중하게 여겨지면 보물이 되는 것처럼 아이들과 남편이 내게는 큰 보물이기에 그들의 얼굴이 찍힌 사진을 함부로 할 수 없는지도 모른다. 그중에는 유치원과 초등학교 때 수험표도 있다. 예술학교 시험을 치를 때 달았던 수험표 사진도 여러 개 모아 두었다. 가끔 그것을 꺼내 보면서 꼬깃꼬깃해진 사진 속 얼굴을 어루만져 본다.

온 종일 내 것과 남편 사진만을 정리한 셈이다. 모든 일이 내 것을 정리하듯 할 수 있다면 복잡할 것이 하나도 없을 것만 같다. 그동안 내 사진을 과감히 없애버리지 못한 것은 내 것에 대한 집착이 컸었고 모순된 자아의식이 강했기 때문인지도 모른다.

사진은 우리에게 오랜 추억을 간직하게 하는 기억 장치다. 발랄한 젊은 날의 향수와 잊혀갈 그리움을 일깨워 주는 고향과 같아 이따금 외롭고 허전할 때 묵은 앨범을 들춰보면 따뜻한 어머니 계시는 친정도 되어준다. 여느 때 같으면 이 많은 사진 때문에 부담스러워 했을 내가, 이제는 마음이 홀가분하다. 아이들 사진이지만 어미로서 함부로 할 수 없는 것이 오히려 기쁘다. 보물이니까. 이 마음이 들기까지 오랜 앨범들 속에서 괴로웠던 시간들이 헛되지만은 않은 것 같다.

올 방학에는 보스턴 큰애가 두 열매를 달고 온다니, 이번에는
전 가족이 함께 멋진 사진을 찍어야겠다.